Selbstverlag

Ingrid Elsinger

Schließ meinen Himmel auf

Zwei Erzählungen

1. Auflage 2022

Herausgeber: Sabine Stölting, Alte Straße 39, 79249 Merzhausen
Druck: epubli – ein Service der Neopubli GmbH, Berlin
ISBN: 978-3-754974-16-2

Der Eine für mich

Rasva war die verlogenste Person, die man sich vorstellen konnte. Das größte Drama, die ergreifendste Tragödie und die herzschmelzendste Romanze waren in ihrer überschäumenden Phantasie immer nur einen Wimpernschlag von der Realität entfernt. Wenn sie erzählte, vermischte sich alles miteinander und gerade deswegen waren ihre Geschichten so gut: Weil man nie merkte, an welchem Punkt sie die Abzweigung ins Märchenreich nahm – oder daraus zurückkehrte.

Aus irgendeinem Grund hatten wir beschlossen, gemeinsam in den Urlaub zu fahren. Rasva besaß einen klapprigen Ford. Er war, bevor er in ihren Besitz wechselte, vom Zoll beschlagnahmt worden, als er mit einer Ladung Kokain hinter der Verblendung über die Grenze gebracht werden sollte. Vielleicht war das aber auch nur einer von ihren zahllosen Einfällen.

Rasvas Lügen waren erträglich, weil sie keine bösen Hintergedanken hatte und niemandem damit schaden wollte. Und das war entscheidend: In den wichtigen Dingen hatte ich mich immer auf Rasva verlassen können. Außerdem waren ihre Geschichten unheimlich unterhaltsam. Wer mit ihr unterwegs war, litt nie unter Langeweile. Schwieg Rasva einmal, konnte man sicher sein, dass sie kurz darauf eine neue abstruse Erzählung auf Lager hatte. Das machte es allerdings unmöglich, etwas mit Sicherheit über ihr Leben zu wissen. – Außer natürlich, man hatte es selbst miterlebt.

Rasvas Geschichten konnten sich im Laufe von Jahren, Wochen oder auch nur Tagen abwechseln. Was ihre Herkunft betraf, so war sie im einen Moment das Einzelkind eines vagabundierenden Künstlerpaares, das sich nie länger als ein paar Monate am selben Ort aufgehalten hatte. Ein andermal war sie mit zwölf Geschwistern in einem Einfamilien-Reihenhaus in Westfalen groß geworden.

Einmal war ihre Mutter sogar eine Bundeswehrsoldatin, die in Afghanistan einen Polizisten in Ausbildung kennengelernt hatte, der kurz nach ihrer folgenreichen Begegnung einem Bombenanschlag zum Opfer gefallen war. Ich habe nie die Wahrheit über ihre Kindheit herausgefunden, vermutete mit der Zeit aber einen traurigen Hintergrund, über den sie nicht sprechen wollte.

Für zwei Reisende bot Rasvas Wagen reichlich Platz und so starteten wir, mit allen Bequemlichkeiten ausgestattet, an einem freundlichen Sommertag unsere Fahrt. Unser Reiseziel war Schweden, und wir schafften es zunächst bis an die vorderste Position der Warteschlange beim Fähranleger in Puttgarden. Hier streikte plötzlich der Motor des Ford, wir kamen weder vor noch zurück und hinter uns stauten sich die Fahrzeuge.

Rasva fluchte auf Russisch – und als das nicht half, nahm sie zusätzlich Deutsch und Englisch zu Hilfe. Gleichzeitig versuchte sie ein Dutzend Mal, den Motor neu zu starten. Schließlich löste sie die Verriegelung der Motorhaube und stieg aus. Sie öffnete den Deckel und blickte kaum in den Motorraum, als sie die Haube mit einem kanonenschussartigen Knall auch schon wieder zuwarf. Der ganze Wagen erbebte und der Motor sprang an. Rasva warf sich auf den Fahrersitz und trat das Gaspedal durch, um uns mitsamt dem Auto im Rumpf der Fähre zu verstauen.

Irgendwie schaffte sie es immer, Menschen um sich zu versammeln. So auch diesmal: Wir hatten uns auf der Fähre kurz getrennt, und als ich Rasva wiederfand, stand sie an der Spitze eines Pulks, den sie nach Reiseleitermanier auf dem Schiff umherführte.

Mit gespielter Expertise gab sie nicht nur vor, die Bauform unserer Fähre zu erklären, sondern auch gleich einen Abriss der Schifffahrtsgeschichte und der Deutsch-Dänischen Kriege. Mit nichts davon hatte sie sich je eingehend befasst. Sie hatte höchstens die kurze Bordbroschüre durchgeblättert und schmückte, was sie davon behalten hatte, mit zahlreichen eigenen Ideen aus. Ich glaube, Rasva log, weil es ihr überwältigende Freude bereitete, Menschen zu unterhalten.

Geduldig und aufmerksam folgte ihr die Gruppe vom einen Punkt zum nächsten, wobei Rasva so schnell und ohne Luft zu holen redete, dass erst gar keine Fragen oder Einwände möglich waren. Ich gesellte mich der braven Schar lauschender Reisender hinzu und kicherte in mich hinein, während Rasva ihre phantasievollen Anekdoten im routiniert-versierten Tonfall eines erfahrenen Guides präsentierte.

Plötzlich beendete sie ihre Führung, indem sie sich für die Aufmerksamkeit bedankte, drückte rasch ein paar Hände und ließ die dargebotenen Münzen und Scheine in ihrer Handtasche verschwinden. Sie ließ die Gruppe stehen, um sich bei einem uniformierten Schiffsdienstgrad, der gerade vorbeischlenderte, einzuhaken und intensiv mit ihm zu flirten.

Später sagte sie mir, sie hätte unsere Reisekasse aufgebessert und zeigte mir einige Scheine. Die Summe war viel zu hoch, um sie bei einer Führung als Trinkgeld eingenommen zu haben. Sie nötigte sie mir trotzdem mit der Bitte auf, sie zu verwalten.

Den Rest des Tages gondelten wir mit dem Auto durch Dänemark, weil Rasva behauptete, das Waisenhaus zu suchen, in dem ihre Mutter aufgewachsen war. Natürlich war es nicht zu finden. Unterdessen war es unheimlich spät geworden und wir an einem solch abgelegenen Inselzipfel angelangt, dass wir das Auto am Ufer parkten und uns auf den Autositzen in unsere Schlafsäcke kuschelten.

Der Sonnenaufgang am nächsten Morgen war wunderschön, aber für meinen Geschmack viel zu früh. Trotzdem klemmte sich Rasva direkt hinter das Steuer und fuhr los, um möglichst schnell Schweden zu erreichen. Die Luft dort sei besonders am Morgen von solcher Reinheit, prickelnd wie Champagner, behauptete sie und konnte es nicht erwarten, in diesen Genuss zu kommen.

Natürlich war sie völlig übermüdet. Trotzdem brachte sie uns sicher über die Grenze – oder besser gesagt bis *auf* die Grenze, und das ist der Punkt, ab dem diese Geschichte nicht mehr von Rasva handelt, sondern von der wundervollen, alles verändernden und zugleich erschütterndsten Erfahrung meines Lebens.

Ich war von den gleichmäßig rumpelnden Fahrgeräuschen auf dem Beifahrersitz eingenickt, wurde aber aus meinen Träumen gerissen, als es plötzlich heftig ruckelte. Dreißigerschilder flogen an mir vorbei, dann ein Zehner. Betonierte Bodenschwellen brachten unseren Wagen ins Schaukeln. Ich blickte auf den Tacho: Wir rauschten gerade mit achtzig Stundenkilometern in die schwedische Grenzkontrolle!

Die nächsten Dinge passierten gleichzeitig: Im selben Moment, in dem ich Rasvas Namen schrie, trat sie heftig auf die Bremse und ein Grenzpolizist vor uns zog mit einer fließenden Bewegung seine Waffe, um sie auf uns zu richten. Das Auto kam mit kreischenden Reifen zum Stehen.

Während der Beamte in unsere Richtung zielte, schrie ich Rasva an: »Was ist mit dir los!?«

Einmal in ihrem Leben blieb sie stumm, und dann standen uniformierte Beamte neben unseren Türen und gaben uns durch Zeichen zu verstehen, dass wir die Hände heben sollten. Ich verschränkte meine Finger am Hinterkopf und starrte auf den Lauf der Pistole, die der Polizist einige Meter vor uns immer noch schussbereit hielt – und dann starrte ich ihm ins Gesicht, mir wurde kalt und danach brennend heiß. Ein Gedanke überwältigte mich, so klar und einfach und unwiderruflich: *Das ist der Eine für mich.*

Eine Frau in dunkelblauer Uniform öffnete meine Tür und forderte mich auf Englisch freundlich aber bestimmt auf, auszusteigen. Ich rührte mich nicht, denn ich war noch angeschnallt. Um den Gurt zu lösen, hätte ich die Hände herunternehmen müssen, was ich angesichts der auf uns gerichteten Waffe nicht für die beste Idee hielt. Vielleicht waren das auch Ausflüchte, denn ich starrte diesen Beamten an wie ein Kaninchen die Schlange. Er war… wundervoll.

»Schnallen Sie sich ab und steigen Sie aus!« sagte die Polizistin deutlich.

Ich nahm langsam eine Hand herunter, drückte auf die rote Taste und stieg aus. Im nächsten Moment wurde ich gegen das hintere Seitenfenster und meine Arme auf meinen Rücken gepresst. Ich spürte kaltes Metall erst am einen, dann auch am anderen Handgelenk und hörte ein leises metallisches Klicken, als die Handschellen geschlossen wurden. Zwei behandschuhte Hände tasteten meinen Körper entlang und als ich das Gesicht drehte, um zu sehen, wer mich da abklopfte, machte mein Kopf Bekanntschaft mit dem Autodach.

Hoffentlich kriegt das Blech keine Delle, dachte ich unsinnigerweise, denn Rasva hatte nichts mehr verdient als ein über und über verbeultes Auto. Wie konnte sie nur im Halbschlaf fahren?!

Ich entschuldigte mich aufrichtig bei der Beamten für unser Verhalten, während sie mich um das Auto herum und in den Bürocontainerkomplex der Zollwache schob. Wir gelangten in einen großen Raum, in dem ich vor einem der Schreibtische Platz nehmen musste.

Rasva wurde gleich darauf hereingebracht. Sie wirkte eher verwundert als zornig und schon gar nicht schuldbewusst. Allerdings wurde sie weit von mir entfernt vor einen anderen Schreibtisch gesetzt, so dass ein Gespräch nicht möglich war. Ich warf ihr böse Blicke zu, aber sie schaute gar nicht zu mir herüber.

Die meisten Beamten verschwanden wieder nach draußen oder im hinteren Teil der Container, nachdem sie uns abgeliefert hatten. Rasva saß genauso unbequem wie ich auf der Stuhlkante, weil auch ihre Hände auf dem Rücken gefesselt waren. Sie blickte sich um und so ließ ich den Blick ebenfalls durchs Großraumbüro wandern.

Einzelne Zöllner saßen an Computern und tippten. Einer betrachtete drei nebeneinander aufgereihte Monitore, ein anderer unterhielt sich am Eingang mit einem Mann in Zivil. Niemand schien uns zu beachten.

Rasva erhob sich kurz und schob ihre Hände unter ihrem Po zu den Oberschenkeln hinab. Dann setzte sie sich wieder und zog die Beine an. Ihre gefesselten Hände glitten um ihre Füße und gleich darauf von oben über ihre Knie, und schon hielt sie ihre Hände vor dem Bauch gefaltet. All dies hatte nur zwei oder drei Sekunden gedauert. Ich war baff. Rasva war zwar sehr schlank und gelenkig, aber eine Akrobatin hätte ich nie in ihr vermutet.

Der Polizist hinter ihr blinzelte ungläubig. Wie aus dem Nichts duplizierte er sich, zu zweit fassten sie Rasva an den

Schultern und Armen und trugen sie mehr in einen angrenzenden Raum als sie aus eigener Kraft ging. Rasva mal wieder! Nur Blödsinn im Kopf!

Gleich darauf wurde ich ähnlich unsanft aus dem Büro befördert – obwohl ich mich wirklich still und brav verhalten hatte. Ich landete neben Rasva auf einem Plastikstuhl in einem kleineren, fensterlosen Raum mit kahlen Wänden und einem Schreibtisch in der Mitte. Die Beamten gingen hinaus und sofort flüsterte sie: »Hast du eine Büroklammer?«

»Nein, wieso?« fragte ich verdutzt und mir entfielen spontan all die Vorwürfe, die mir auf der Zunge gelegen hatten.

»Dann versuch mal, ob du an mein Portemonnaie rankommst!« forderte sie mich auf.

»Wie soll das gehen?« meckerte ich.

Als ich mich weigerte, ihr zu helfen, stand sie auf und verrenkte sich, um mit den Händen an ihre Gesäßtasche zu gelangen. Sie erreichte ihre Brieftasche mit den Fingerspitzen und zog sie schließlich heraus. Dass die Geldbörse dabei zu Boden fiel, machte nichts, da Rasva ihre Hände ja vor dem Körper hatte. Sie hob sie auf, öffnete das Münzfach und nahm eine Sicherheitsnadel heraus, während ich mich im Raum umsah, als hätte ich etwas gestohlen.

»Was *machst* du da eigentlich? Lass das doch, die Beamten kommen sicher gleich zurück.« ermahnte ich sie.

Rasva ignorierte mich und stocherte weiter mit der aufgebogenen Sicherheitsnadel im Schloss ihrer Handschellen herum. »Ich will nur wissen, ob ich es noch kann.« sagte sie, als würde das irgendetwas erklären.

Gleich darauf grinste sie breit und triumphierend und hielt mir ihre linke Hand – ihre befreite Hand – unter die Nase. Ebenso schnell war ihre rechte frei und sie drapierte die Handschellen demonstrativ auf dem ansonsten leeren Schreibtisch.

»Komm, jetzt du!« forderte sie mich auf und zielte mit der verbogenen Sicherheitsnadel auf meine Hände, doch ich weigerte mich.

»Rasva! Ich will hier so schnell wie möglich wieder raus!« fauchte ich. »Ich will Urlaub machen! Nicht stundenlang auf der Zollwache sitzen, geschweige denn die Beamten ärgern. Je kooperativer wir sind, desto schneller sind wir hier wieder weg.«

»Kooperativ!« schnaubte Rasva. »Was glaubst du, wo wir sind? Das ist nicht der Ostblock und nicht die Bronx. Wir können ein bisschen Spaß haben, wenn wir schon mal hier sind. Die werden uns sowieso nicht lange festhalten.«

Nach einer kurzen Pause fügte sie mit dramatisch zögernder Stimme hinzu: »Damals in Rio war das ein ganz anderer Schnack, da bin ich kurz vor dem Karneval in eine Razzia geplatzt, mit der irgendein Gangkrieg...«

Der Rest von Rasvas hanebüchener Erzählung ging verloren, als einige Beamte hereinkamen und ihr die Hände mit Kabelbindern auf dem Rücken zusammenschlossen. Ich verdrehte die Augen, um mein Mitleid zu überdecken, denn sie gingen nicht gerade sanft mit ihr um. Die Polizisten brachten Rasva hinaus und ich blieb mit einer Beamtin allein, die erst hinter dem Schreibtisch Platz und dann meine Personalien aufnahm.

»Wohin wollen Sie?« forschte sie.

Ich gab ihr die Adresse unserer Ferienwohnung, in der wir eigentlich am Nachmittag einchecken wollten.

»Sie sind zum Urlaub in Schweden?«

Ich bejahte.

»Warum wollten Sie die Grenze durchbrechen?«

»Das war gar nicht unsere Absicht!« widersprach ich. »Das war...« Was sollte ich sagen, was *konnte* ich auch sagen, ohne Rasva zu belasten? Übermüdet Auto zu fahren und andere zu gefährden war ja nicht unbedingt ein Kavaliersdelikt.

»Das verstehe ich auch nicht. Ich kann es mir nicht erklären. Vielleicht gab es ein Problem mit dem Auto – mit den Bremsen?« improvisierte ich zögerlich. Es klang nicht besonders überzeugend.

»Aha!« sagte sie und betrachtete mich prüfend. »Ist es ein Mietauto?«

»Nein, das ist Rasvas Wagen.«

Bevor sie ihre nächste Frage formulieren konnte, öffnete sich die Tür und *er* trat herein, nein, er schwebte herein – oder schwebte ich? Ich reagierte körperlich auf ihn. Mir wurde wieder kalt und dann heiß, ich spürte, wie mir das Blut in die Wangen schoss. Ich schwitzte.

Zum Glück beachteten die beiden mich nicht, sondern unterhielten sich auf Schwedisch. Was sie sagten, war nicht für mich bestimmt, doch ich verstand Schwedisch ganz gut. So erfuhr ich, dass sie unsere Koffer und das ganze Auto ausgeräumt und durchsucht hatten.

Er berichtete, dass sie im Gepäck nichts Verdächtiges bemerkt hatten, die Autotüren und andere Stellen des Wagens jedoch Hohlräume aufwiesen, die ganz sicher zu Schmuggelzwecken angelegt oder vergrößert worden waren. Sie waren von ihrer Lage und Größe dazu geeignet, Gegenstände aufzunehmen und zu verbergen, etwa Waffen oder Drogen. Alle waren jedoch leer. Schließlich wies er seine Kollegin an, irgendeine Dokumentation vorzunehmen, sie ging hinaus und ich blieb mit ihm allein.

Was soll ich sagen? Es gelang mir nicht, mich zu beruhigen. Im Gegenteil, ich hatte noch kein Wort mit ihm gewechselt und stand total in Flammen. Ich schickte ein Stoßgebet zum Himmel mit der Bitte, dass er sich als dumm erweisen würde, nur um meinen desaströsen Zustand zu beenden. Nichts half meiner Meinung nach so sehr beim Entlieben wie Dummheit.

Er war wunderschön. Seine kurzen dunkelbraunen Haare wurden teilweise vom Uniformschiffchen bedeckt. Seine dunklen Augen waren wie Waldseen, tief und unergründlich. Freundlich und aufmerksam blickte er mich an. Er hatte symmetrische, sehr sinnliche Lippen und seine Hände wirkten groß und kräftig.

»Ich denke, die brauchen wir nicht.« sagte er, ging um mich herum und löste meine Handschellen.

Seine flüchtigen Berührungen hinterließen kurze glühende Spuren auf meiner Haut. Ein Prickeln rann meine Arme hinauf, durch Schultern und Brust bis in mein Herz, wo es sich in ein warmes Strahlen verwandelte. Verlegen blickte ich an ihm vorbei.

Er befestigte die Handschellen an seinem Gürtel, bevor er sich setzte. Prüfend schaute er mich an. Mein merkwürdiger Zustand *musste* ihm ja auffallen. Der Ausdruck seiner Augen glitt von freundlich zu distanziert und mir rutschte das Herz in die Hose.

Er begann eine Befragung, die für mich mehr als peinlich war. Für die einfachsten Dinge wollten mir die englischen Ausdrücke nicht einfallen. Ich versuchte es mit Umschreibungen, verrannte mich, brach ab, setzte neu an, brachte nur Unsinn heraus – und konnte die ganze Zeit nichts anderes denken als: *Er ist wunderbar!* Und: *Ich mache mich hier total lächerlich.*

Ich stammelte wie ein verliebter Teenager und konnte doch nichts dafür, denn ich *war* total verknallt. Die Liebe auf den ersten Blick hatte mich mit einer solchen Wucht getroffen, dass ich nicht einmal mehr meinen Namen buchstabieren konnte. Schließlich schwieg er und sah mich lange an.

»Sind Sie nervös?« fragte er dann.

Ich nickte.

»Möchten Sie ein Glas Wasser?«

Dankbar bejahte ich auch das. Er stand auf und ging zum Wasserspender vor der Tür. Als er mir den Pappbecher reichte, zitterten meine Hände. Mühsam führte ich das Gefäß an die Lippen und nahm einen Schluck. Was sollte er nur von mir denken?

»Können Sie mir sagen, warum Sie so nervös sind?«

Entsetzt schüttelte ich den Kopf. Alles, nur das nicht!

»Hat es vielleicht mit dem Auto zu tun?«

Bevor ich erneut zu stottern anfing, kam seine Kollegin zurück. Er trat zu ihr und berichtete wiederum auf Schwedisch, wie ich auf ihn wirkte. Er schloss seinen Bericht mit dem Vorschlag, mich einem Drogenscreening zu unterziehen, auch wenn neben der Nervosität und dem Zittern nichts auf einen Konsum hinweise. Damit verließ er den Raum.

Ich atmete erleichtert auf. So sehr ich ihn nun auch vermisste – mein ganzer Körper war derart in Aufruhr gewesen, dass ich über die Erleichterung dankbar war. Mein Puls beruhigte sich, das Blut zirkulierte wieder, das Zittern hörte auf und meine Denkblockade war wie weggeweht.

Aufmerksam betrachtete mich die Polizistin. Sie schob die Akte, die sie mitgebracht hatte, zur Seite, stützte ihre Unterarme auf den Tisch und verschränkte ihre Finger.

»Auf mich wirken Sie nicht nervös.« begann sie.

»Bin ich auch eigentlich nicht.« antwortete ich und fügte auf Schwedisch die Frage hinzu, ob wir uns nicht dieser Sprache bedienen konnten.

Überrascht zogen sich ihre Mundwinkel zu einem Lächeln nach oben. Nach wenigen Minuten hatte ich ihr die ganze Sache mit der überhöhten Geschwindigkeit, Rasvas Müdigkeit und die Geschichte des Autos berichtet. Ich fügte hinzu, wie leid es mir tat, dass wir sie und ihre Kollegen erschreckt hatten.

An dieser Stelle kam ein weiterer Polizist herein und brachte Computerausdrucke für die Akte. Die Tür ließ er offen stehen. Ich erzählte von Rasva und dass sie etwas speziell sei, und improvisierte, dass sie das Leben auf ihre Art genieße.

»Das haben wir gemerkt.« fügte der fremde Beamte hinzu. »Sie hat sich als Rasva Drifuss vorgestellt.«, lachte er.

»Typisch Rasva! Das ist ihr Kün…«

Als *er* den Raum betrat, verlor ich den Faden. Vereinzelte Zellen tasteten im Dunkel meines Gehirns vergeblich nach dem richtigen Wort. Wovon hatten wir gerade gesprochen? Ich suchte seinen Blick und als ich ihn traf, wurde mir flau im Magen.

Er blieb an der Tür stehen, ohne etwas zu sagen, augenscheinlich nur neugierig, warum hier gelacht wurde.

»Künstlername?« half der andere Beamte nach.

»Richtig, ihr Künstlername.« wiederholte ich lahm. »Ein Alias, sie ist… Jour-, Journalistin.« Mein Gesicht brannte wie eine Leuchtreklame.

»Jakob, ich bin hier gleich fertig. Ich bringe dir dann die Akte.« sagte die Beamtin.

Er nickte und die beiden Männer verließen den Raum. Ich atmete erleichtert auf.

»Was ist das mit Jakob und dir?« fragte sie.

Verlegen starrte ich den Tisch an.

»Hat er… ist da irgendetwas passiert? Ist er dir zu nahe gekommen oder so?« fragte sie zweifelnd. Sie hielt es selbst für ausgeschlossen.

»Nein, nein!« bekräftigte ich. »Gar nichts. Alles war korrekt.« Dann sah ich sie an. »Erzählen Sie es nicht weiter!« bat ich und holte tief Luft. »Aber ich habe mich in ihn verliebt. Total verknallt. Es fühlt sich so absolut an, ich kann nichts dagegen tun. Es tut mir leid. Ich tue mir selbst leid, denn ich habe keine Chance bei ihm, so wie ich mich benommen habe. Er denkt, ich hätte ein Drogenproblem, dabei ist es mein Körper, der reagiert. Wenn er nur hereinkommt, fängt mein Herz an zu rasen…«

Sicher hätte ich noch eine halbe Stunde weitergeschwärmt, hätte sie nicht lachend die Hände gehoben und »Ich verstehe schon.« gekichert.

»Was kann ich tun?« fragte ich sie, plötzlich der Verzweiflung nahe. Meine Angelegenheiten hier waren erledigt, es war alles gesagt, bald würden wir uns ins Auto und unseren Urlaub fortsetzen. Und ich würde ihn nie wiedersehen!

Sie brachte mich ins Großraumbüro zurück und ich nahm noch einmal vor einem Schreibtisch Platz, um zu warten. Die Polizistin verschwand, um ihren Bericht zu schreiben.

Auf dem Tisch stand ein Namensschild. »Jakob Andersson.« las ich. Oh Gott! Was, wenn er zurückkam? Mein Puls raste schon wieder.

Denk nach!, sagte ich zu mir selbst. *Mach irgendwas!* Ich grabschte nach einem Notizzettel und einem Stift – natürlich genau in dem Augenblick, als jemand an den Tisch trat. Ich sah nicht auf, sondern kritzelte hastig auf den Zettel.

Er legte sein Schiffchen auf die Computertastatur – natürlich war *er* es – und fuhr sich mit der Hand durch die Haare. Seine Seenaugen blickten wieder freundlich und dann etwas verwundert, als ich ihm den Zettel mit meiner Telefonnummer in die Hand drückte und fast ohne zu stottern einen Satz herausbrachte: »Wenn noch Fragen auftauchen sollten, rufen Sie mich gerne an.«

In dem Moment kam Rasva herein, winkte ausladend und trat zu mir. Sie hakte sich bei mir ein, grüßte fröhlich und ungeniert in alle Richtungen, wurde auch von allen freundlich verabschiedet, und führte mich zu ihrem Auto zurück.

Nachdem wir unser Gepäck wieder eingeräumt hatten, stiegen wir ein und fuhren davon. Sicher war meine Übermüdung daran schuld, dass mir zwei Tränen die Wangen hinabkullerten, als die Zollcontainer und die Grenze hinter uns verschwanden.

»Rasva…« begann ich.

»Keine Sorge!« antwortete sie. »Ich hab' soviel Kaffee getrunken, wir könnten bis Haparanda durchfahren. Oder bis Sankt Petersburg – einmal obenrum um die Ostsee. Was hältst du davon?«

»Oh, Rasva!« seufzte ich. »Warum kann ich nicht *einmal* so sein wie du?« Meine Stimme klang verzweifelt.

Verwundert warf sie mir einen schnellen Seitenblick zu. »Was denn?« fragte sie dann. »Ist doch alles glattgegangen. Sie haben unser Gepäck gelüftet, wir haben uns nett unterhalten. Und he, sie haben nichts gefunden.« Sie schwieg kurz und fummelte ohne den Fuß vom Gas zu nehmen unter dem Lenkrad herum. »Jedenfalls nicht das hier.« sagte sie dann und warf mir eine zusammengewickelte Papiertüte zu. Ich faltete sie auf und sah hinein.

»Rasva!« schrie ich heftig. Auf dem Boden der Tüte lagen einige Plastikbeutelchen mit Marihuana. »Bist du bescheuert?« fuhr ich sie an.

Wir wussten doch beide, wie die Schweden zum Thema Drogen standen – selbst bei Gras in kleinen Mengen verstanden sie keinen Spaß.

»Hast du sie noch alle?«

»Ach was, das siehst du viel zu verkrampft.« konterte sie. »Es ist doch nichts passiert. Außerdem ist es nur für das Festival. Auf das *du* ja nicht mitwillst.«

Das hielt sie mir schon vor, seit wir uns vor Monaten für Schweden entschieden hatten. Ich würde ein paar Tage allein in unserem Ferienhäuschen verbringen, während sie mit Zelt und Schlafsack zu einem Reggaefestival fuhr.

»Du bist echt verrückt!« sagte ich entschieden.

»Oh mein Gott!« rief sie gequält. »Bitte nicht diesen Spruch! Alles was du willst, aber nicht diese herzabschnürende Beleidigung.«

Ihrem Ton nach zu urteilen war sie zutiefst getroffen, doch ich kannte sie besser. Rasva Drifuss, Journalistin, wusste ihr angeborenes Schauspieltalent für jeden ihrer Zwecke, insbesondere jede ihrer Recherchen, bis aufs letzte bisschen auszureizen. Ich fragte mich schon lange, wann und wo sie dazu kam, die Menschen zu beobachten, in deren Rollen sie später schlüpfte, denn sie redete fast ununterbrochen, stand stets im Mittelpunkt, zog alle Aufmerksamkeit auf sich und drehte sich vor aller Augen wie ein balzender Pfau.

»Gibt es irgendwo eine Rasva, die allein auf einem Balkon steht und auf dem Gehweg unter sich die Passanten beobachtet?« hatte ich sie einmal gefragt.

»Nein, wieso?« hatte sie überrascht geantwortet. »Ich kopiere doch nicht die Rolle des schweigenden Flaneurs. Ich muss die studieren, die sprechen, die Redner, diejenigen, die mittendrin sind. Das geht nur, wenn ich mich im selben Kreis bewege.«

Und das tat sie, mit großem Erfolg sogar. Die notorische Freizeitlügnerin leistete beruflich die journalistisch saubersste Arbeit, die man sich nur vorstellen konnte. In ihrer Profession zählte nur eins: Klare Fakten. Ihre Artikel kehrten so treffsicher das ans Licht, was Politiker, Konzerne, Lobbyisten und viele andere verborgen halten wollten, dass sie mehr Morddrohungen als Preise für ihre Arbeit erhalten hatte – und letztere ergaben schon eine ansehnliche Sammlung.

Jedenfalls hatte sie es wieder einmal geschafft, mich abzulenken. Ich versuchte einen drohenden Ton anzuschlagen: »Nimm das bloß mit, wenn du fährst!«

Meine Stimme wackelte etwas, denn ich musste wieder an *ihn* denken. Heiße Sehnsucht rieselte durch mein Herz. Er war so schön. So anmutig. So groß. So stark. So klug. So… Und ich hatte mich so lächerlich gemacht. Verdammter Körper, der ein Eigenleben entwickelt hatte! Warum passierte das immer mir? Ich verwünschte meine Stotterei.

Würde ich ihn jemals wiedersehen? Mein Bauchgefühl sagte mir, dass da noch etwas kommen musste. Ich *musste* ihn einfach wiedertreffen. Es konnte nicht vorbei sein, bevor es überhaupt angefangen hatte. Kurz bevor ich mich mit magischem Denken selbst betrog, drang Rasvas Stimme wieder in mein Bewusstsein.

»…und da flog ich auf meinem geblümten Wolkenteppich über den Indischen Ozean und ließ es Frösche regnen.« sagte sie gerade.

Ich starrte sie entgeistert an. »Wolkenteppich? Frösche? Wovon redest du?«

»Woran denkst du?« entgegnete sie. »Ich erzähle dir schon seit sieben Minuten von Fröschen und erst jetzt hast du reagiert.« Sie grabschte nach der Papiertüte, die ich noch immer auf dem Schoß hielt. »Manchen Leuten darf man so etwas nicht mal in die Hand geben.« muffelte sie und verstaute die Droge wieder unter dem Lenkrad.

Etwas widerstrebend – Rasva wäre es auch zuzutrauen gewesen, dass sie umkehrte und zur Grenzstation zurückfuhr – erzählte ich ihr alles.

»Na endlich!« rief sie. »Endlich hast du dich mal verliebt! Ich dachte, das passiert *nie*.«

»Na hör mal!« sagte ich beleidigt. »Wir kannten uns doch schon, als ich mit Ronald zusammen war.«

»Ja, aber in den warst du nicht verliebt.« behauptete sie. »Mit dem hast du dich nur gemeinsam gelangweilt und gedacht, das wäre weniger schlimm, als alleine zu sein.«

Womit sie wieder einmal recht hatte, auch wenn ich das nicht zugeben würde.

»Also, was ist dein Plan?« fragte sie mich.

»Es gibt keinen Plan.« antwortete ich. »Wir sind weg, er bewacht die schwedische Grenze, unser Fall ist abgeschlossen. Fertig. Ende. Aus.«

»Sehr dramatisch.« kommentierte sie und drehte die Augen halbkreisförmig unter ihre Oberlider. »Das hehre Burgfräulein zieht sich nach ihrer Begegnung mit dem stattlichsten aller Ritter in ihre Kemenate zurück, um in aller Stille ein seidenes Taschentuch zu besticken. Dies wird sie beim Lautenklang des Minnesängers, der vielleicht einmal unter ihrem Fenster tirilieren wird, aus selbigem fallen lassen, als Zeichen ihrer unsterblichen Liebe und unvergänglichen – he!«

Ich hatte endlich etwas gefunden, das man einer Person, die am Steuer eines fahrenden Autos saß, gefahrlos an den Kopf werfen konnte, um sie zum Verstummen zu bringen.

»Iieh!« ergänzte Rasva und hob meine schwarze Socke von ihrem Schoß. »Weißt du, wie gefährlich das ist? Einmal bin ich in Südafrika…«

Den Rest der Fahrt unterhielt sie uns mit ihren Abenteuergeschichten – ob wahr oder erfunden kann ich nicht sagen. Irgendwann schlief ich ein und erwachte erst am Abend wieder, als wir vor unserem Ferienhäuschen, einer kleinen, schwedenroten Hütte mit weißen Hausecken und Fensterrahmen zum Stehen kamen.

»Oh, wie schön!« seufzte ich hingerissen.

Erste orangerot leuchtende Strahlen der Abendsonne spielten am Dach des Häuschens. Als ich mich umdrehte, blickte ich in den glühenden Ball der Sonne.

»Wie wunderschön!«

Ich stieg aus und genoss die nächsten Minuten alles: das Licht, den Wind, den Duft, diesen warmen Sommerduft voller trocknendem Heu, voller Blumen, Beeren, Erde und Farbe.

Auch das Innere unserer Behausung genügte allen Ansprüchen: Die Haustür führte in eine geräumige Wohnküche mit einem langen Sofa und einem offenen Kamin. Die Küchenzeile lag unter den Fenstern zur Hausfront und daneben führte eine schmale Tür in das Schlafzimmer mit einem Etagenbett an der linken und einem Einzelbett quer an der hinteren Wand. Rechts neben der Tür war Platz für eine Kommode und unter dem Fenster stand ein kleiner Schreibtisch. Eine zweite Tür führte vom Wohnzimmer ins Bad, es lag parallel neben dem Schlafzimmer.

Wir rissen die Fenster auf, und ich machte mich ans Kochen, denn das war unser Deal: Rasva fuhr und ich kochte. Heute: Nudeln mit Tomatensoße aus dem Glas, aufgepeppt durch Zwiebeln und mitgebrachten Speck.

Wir waren beide so müde, dass wir bald zu Bett gingen. Rasva machte sich auf dem Sofa lang und ich zog im Schlafzimmer ein, so hatte jede ihre eigenen vier Wände.

In der Stille der schwedischen Natur schlief ich tief und erholsam und wachte am nächsten Morgen früh und friedlich wieder auf. Mein erster Weg führte mich ans Meer – ein Fußweg neben unserer Hütte verlief an einem Waldsaum entlang direkt ans Ufer.

Die See war still, und sanft umspülten die seichten Wellen die rundgeschliffenen Felsbuckel der Küste. Ein paar

Vögel schwammen in der Nähe überhängender Zweige. Kein Mensch war zu sehen, kein Motorengeräusch zu hören. Hier gab es nur die Weite des Meeres und die sanfte Formation der Felsen. Ich genoss jeden Atemzug und blieb eine ganze Weile, bis der Hunger mich zur Rückkehr bewog.

Nach dem Frühstück verordnete Rasva uns ein Kulturprogramm und die nächsten zwei Tage besichtigten wir so ungefähr alles, was die Gegend an alten Kirchen, historischen Ortskernen, Felsritzungen, Museen, bronze- und eisenzeitlichen Grabmälern und vielem anderem mehr zu bieten hatte.

An unserem dritten Morgen in Schweden verabschiedete sich Rasva und fuhr zu ihrem Festival. Eine Woche wollte sie dort verbringen, und ich würde so lange allein sein. Den heutigen Freitag würde ich in der Sonne sitzen, lesen, entspannen und vielleicht ein paar Zeilen an dem Krimi schreiben, den ich seit vielen Monaten plante.

In der friedlichen Natur und mit meinem ausgewachsenen Liebeskummer fühlte ich mich allerdings nicht besonders inspiriert, Ideen für eine Mordgeschichte zu Papier zu bringen. Stattdessen hielt ich mich den Tag über am Meer auf, räkelte mich auf einer alten Wolldecke, aß meinen Picknickkorb leer und schmökerte in einem ambitionslosen Liebesroman. Am Nachmittag kam ich zur Ferienwohnung zurück, um Pfannekuchen zu machen.

Ich hatte gerade den Teig angerührt und ihn zum Quellen ein paar Minuten zur Seite gestellt, als ein Auto auf der Zufahrt zu meinem Häuschen hielt. Ich erwartete niemanden, aber vielleicht war es ja der Vermieter, der nach dem Rechten sehen wollte? Ich öffnete die Haustür und ging ein paar Schritte hinaus.

Ein Mann stieg aus dem Auto, dunkelhaarig, groß und muskulös. Mein Herz setzte für einen Schlag aus und ich stockte mitten in der Bewegung, einen Fuß in der Luft. Ich starrte ihn an. *Er* war es. Er war es ohne Zweifel. Aber in Uniform. Also dienstlich?

Als er die hintere Wagentür öffnete und eine Reisetasche vom Rücksitz nahm, erinnerte ich mich an Grundfunktionen wie Atmen und Gehen. Ich holte tief Luft und trat auf ihn zu. Mein Traummann warf die Autotür zu und kam mir entgegen. Das Herz schlug mir bis zum Hals. Dann stand er vor mir und ich wagte nicht, in seine Augen zu blicken.

»Ha-hallo, si-sind Sie be-be…?« stotterte ich.

»Hallo, ich bin Jakob.« erwiderte er freundlich auf Schwedisch und reichte mir die Hand.

Sie war warm, fest und kräftig. Am liebsten hätte ich mein Gesicht darin verborgen. Ich stammelte meinen Namen. Verfluchte Stotterei, warum neigte ich dazu, wenn ich aufgeregt war?

»Freut mich.« antwortete er.

»Mi-mi-mich...«

»Entschuldige bitte den Auftritt in Uniform.« sagte er leicht verlegen. »Ich bin gleich nach Dienstschluss aufgebrochen. Kann ich mich irgendwo umziehen?«

Er deutete mit der freien Hand auf seine Reisetasche. Ich gab das Sprechen vorerst auf, nickte und zeigte auf das Ferienhäuschen. Wir gingen darauf zu.

Er war tatsächlich hergekommen! Verstohlen berührte ich seinen Ärmel, um sicher zu sein, dass ich nicht träumte, doch er löste sich nicht in Luft auf. Er war hier, bei mir! Was sollte das bedeuten? Sicher gab es noch etwas wegen dem Auto oder Rasva. Ich riss mich zusammen.

»Gibt es noch Fragen?« erkundigte ich mich.

Ein paar Schritte vor der Tür blieb er stehen und blickte mir in die Augen. »Massenweise.« antwortete er und ich versank in diesen dunklen Waldseen. Wie durch Nebel hörte ich, dass er ergänzte: »Aber keine dienstlichen.«

Seine Augen waren mild, doch da war noch etwas, ich konnte nicht genau sagen, was, etwas Fragendes, Abwartendes. Forschend tauchte ich von einem See in den anderen, aber ich wurde nicht schlau daraus. In seinen Augenwinkeln zeigten sich kleine Fältchen, er wirkte müde.

Wir gingen hinein und ich zeigte stumm auf das Bad. Als er darin verschwunden war, briet ich die Pfannekuchen. Ich deckte den Tisch, stellte Honig und Schokoladencreme dazu und begann die fertigen Pfannekuchen auf einem Teller zu stapeln.

In Jeans und T-Shirt kam er schließlich aus dem Bad. Jakob hatte geduscht, seine Haare glänzten feucht und er duftete nach Shampoo. Er nahm am Tisch Platz und ich forderte ihn auf, sich zu bedienen, während ich mich um die letzten Pfannekuchen kümmerte, die in der Pfanne buken.

Als er sich nach der Schokoladencreme streckte, bemerkte ich, dass sich sein T-Shirt seitlich ausbeulte. Komischerweise war mein erster Gedanke, dass er ein medizinisches Problem hatte. Erschreckt starrte ich auf die Beule, was nicht sehr höflich war. Unangenehm berührt legte er eine Hand darauf.

»Tut mir leid, ich bin so schnell aufgebrochen, ich habe ganz vergessen, sie abzulegen.«

Er zog sein T-Shirt hoch und entblößte außer seiner Seite auch ein Holster, in dem seine Waffe steckte. Verstehend nickte ich. Das hätte ich mir auch denken können.

Schließlich waren die letzten Pfannekuchen fertig und ich setzte mich zu ihm an den Tisch. Ich spürte, dass Jakob mich ansah, aber er sagte nichts. Im Stillen danke ich ihm dafür, denn so gab er mir die Möglichkeit, mich an ihn zu gewöhnen und seine bloße Anwesenheit zu begreifen.

Er aß mit großem Appetit, im Nu waren die Pfannekuchen alle, obwohl ich immer noch an meinem ersten herumstocherte und kaum einen Bissen herunter bekam.

»Hmm, die waren sehr lecker!« freute er sich und bedankte sich wohlerzogen für das Essen.

Ich lächelte ihn an. Mein Herz klickerte und sandte warme Strahlen durch meinen ganzen Körper. Er war so süß! Er mochte mein Essen! Er war toll!

Ich schalt mein Stammhirn und versuchte, selbst auch noch etwas zu mir zu nehmen. – Gegen den Widerstand meines Magens, der sich auf eine Rebellion einstimmte. Ich bezwang sie vorerst mithilfe des Schluckreflexes und mein Pfannekuchen landete endlich an seinem Bestimmungsort. Jakob tat glücklicherweise so, als wäre unser Schweigen völlig normal.

Erst als ich fertig war, brach er die Stille: »Ich würde gern angeln gehen.« sagte er. »Kommst du mit?«

Ich lächelte ihn an. Seit zwanzig Jahren hatte ich nicht mehr geangelt. Damals hatte ich nur einen winzigen Fisch gefangen und hatte es nicht übers Herz gebracht, ihn abzustechen. Trotzdem nickte ich.

Aus seinem Kofferraum holte Jakob alle möglichen Angelutensilien: zwei Teleskopruten, die er gleich auseinander zog, eine Kiste mit Kunstködern und Haken, einen Kescher und einen Eimer. Zuletzt zog er sich eine leichte Sommerjacke über, die kaschierte, dass er eine Waffe trug.

Auf dem Weg zum Meer erzählte er mir, wo und wann er zuletzt geangelt hatte, und was er dabei gefangen hatte, aber ich bekam die schwedischen Bezeichnungen für die Fischarten durcheinander und wusste hinterher nicht, was ihm durch die Lappen gegangen war und was ihm gut geschmeckt hatte.

»Zeigst du es mir…?« fragte ich am Ufer.

Jakob befestigte einen glitzernden Pilker an der Schnur, stellte die Bremse ein und demonstrierte, wie man den künstlichen Fisch mit den drei Haken auswarf, ihn zucken ließ und langsam wieder einholte. Dann ging er ein paar Schritte weiter und warf seine eigene Angel aus.

Ich blickte auf die beruhigend gleichmäßigen Wellen des Meeres und holte die Angel langsam wieder ein. Die Gleichförmigkeit der Bewegungen dabei tat mir gut. Als ich einmal zu Jakob hinüber sah, wurde mir gleich wieder flau.

Trotzdem war ich glücklich, dass er da war. Bei mir. Ich hatte noch eine Chance. Vielleicht konnte ich ihn überzeugen, dass ich kein verdrehter Junkie war. – Quatsch, wenn er das geglaubt hätte, wäre er nie hergekommen. Dann konnte ich ihm vielleicht zeigen, dass ich trotz Stottern und Blockaden vernunftbegabt war?

Ich wusste nicht, warum mich diese Verliebtheit so befallen hatte wie eine miese Krankheit. Es schreckte meinen möglichen Partner ja eher ab… Moment: Partner? War ich da nicht ein wenig vorschnell? Und wo war eigentlich Jakob abgeblieben? Ich blickte mich nach ihm um. Seine Angel war mit einem Stein in einer Felsspalte festgeklemmt. Er selbst lag ein paar Meter darüber am Ufer – und schlief tief und fest.

Seine Angel bog sich und wackelte. Sollte ich ihn wecken? Lieber nicht, entschied ich. Ich legte meine Rute auf den Stein, auf dem ich stand, ging hinüber und holte langsam Jakobs Schnur ein. Schließlich zappelte ein Fisch vor meinen Füßen im Wasser. Vorsichtig schob ich den Kescher unter ihn und hob ihn in den Eimer.

Der Pilker war in seinem Maul verhakt und beim Versuch, ihn zu befreien, glitschte mir der Fisch immer wieder aus der Hand. Endlich drückte ich ihn auf den Boden des Eimers und löste den Haken. Nachdem ich etwas Wasser dazu gefüllt hatte, besah ich mir das Tier genauer. Es war eine ordentliche Portion! Das war sicher genug für eine Person. Noch so einen und wir hätten ein Abendessen! Ich war mächtig stolz auf mich und den Fang.

Ich weiß nicht, wie lange ich da stand und so weiter machte, die eine Angelrute unter dem Stein festgeklemmt, die andere in der Hand. Es bissen immer mehr Fische an, je später es wurde, und schließlich hatte ich eine ordentliche kleine Sammlung im Eimer. Sie gehörten verschiedenen Arten an, aber bestimmen konnte ich sie nicht.

Das Jagdfieber hatte mich eine Zeitlang in Atem gehalten, aber jetzt hatte ich – hatten *wir* genug für mindestens zwei Tage. Gerade holte ich meine Schnur zum letzten Mal ein, als ich hörte, wie Jakob tief einatmete. Im Aufwachen fuhr seine Hand kontrollierend zum Holster. Mit einem Ruck setzte er sich auf.

»Bin ich eingeschlafen?!« fragte er verwundert und bedauernd zugleich. »Das tut mir leid. Wie unhöflich von mir.« Er wischte sich über die Augen. Dann kam er zu mir und schob die Angelrute zusammen. »Ich hatte heute Morgen um sechs Dienstbeginn.« entschuldigte er sich.

Ich setzte mich auf den Felsen, der noch warm von der Sonne war. »Fängst du jeden Morgen so früh an?« fragte ich.

Er legte das Gerät weg und ließ sich neben mir nieder. Mein Herz sank mir in die Hose. Er war so nah. Ich konnte ihn berühren, ohne den Arm ganz auszustrecken. – Wenn ich wollte. Aber ich wagte es nicht. Mir war schon wieder flau vor Aufregung. Ich sah aufs Meer hinaus, das half ein bisschen.

»Nicht jeden Morgen. Ich arbeite Wechselschicht. Eine Woche spät, eine Woche früh, ab und zu Nachtschicht.« Er machte eine kleine Pause. »Wenn ich nicht anders eingeteilt bin.« ergänzte er dann.

»Was heißt anders?« fragte ich das Meer.

Ich hörte, dass er bei seiner Antwort zögerte. »Ich will ehrlich sein – von Anfang an.« begann er einleitend. »Ich arbeite beim Zoll, aber ich habe auch eine Spezialausbildung.«

Es war deutlich zu hören, dass er es eigentlich gar nicht sagen wollte. Schließlich holte er tief Luft.

»Estelle, es ist so, ich habe schon ein paarmal Freunde verloren, oder erst gar keine Freundschaft geschlossen, wenn ich offen war. Das hier mit dir ist etwas, das ich nicht vermasseln will, ich will, dass wir eine Chance haben. Aber ich muss es dir sagen. Ich will dir nichts vormachen.«

Warum hatte ich mich für meine Stammelei so geschämt? Jakob stand mir darin offenbar in nichts nach.

»Ich finde, Ehrlichkeit ist einfach essenziell.« fuhr er fort. »Und ich bin nun mal, was ich bin. Die Ausbildung war teuer und extrem zeitaufwendig.«

Wärme durchfloss mich. Er war so süß, wie er um den heißen Brei herum redete. Zum ersten Mal verspürte ich den Wunsch, ihn zu küssen, und als ich ihn ansah, verstärkte sich das Verlangen. Er blickte mir in die Augen – Seen so tief, dass ich darin versinken könnte. Aber er schloss sie, hier durfte niemand hinein.

»Ich hatte mal ein… Date und ihr habe ich auch davon berichtet. Sie hat mich sofort verurteilt, mit den schlimmsten Verbrechern auf eine Stufe gestellt, mich beschimpft. Das war eine üble Erfahrung, wirklich. Ich… möchte nicht, dass es sich wiederholt. Aber du sollst das von Anfang an über mich wissen.«

»So langsam mache ich mir Sorgen, was jetzt kommt.« gab ich zu.

Nun schaute er aufs Meer. Er berührte flüchtig mit der linken Hand die Stelle an seiner Jacke, unter der sich sein

Holster befand, dann lehnte er sich zurück und stützte sich mit beiden Händen hinter dem Rücken auf dem Fels ab. Ich wartete.

»Sag's einfach!« bat ich, als ich sein Schweigen nicht mehr aushielt.

»Estelle, bitte gib mir eine Chance. Renn nicht gleich davon. Bitte!«

Ein Schauder lief mir den Rücken hinab. »Eine Chance, ok.« sagte ich beklommen, und dann noch einmal: »Sag es jetzt einfach.«

Jakob gab sich einen Ruck. Ich konnte ihm geradezu ansehen, wie er die Entscheidung traf, zu sprechen. Mit leiser Stimme, so dass ich ihn gerade noch verstehen konnte, bekannte er: »Ich arbeite als… ich bin beim schwedischen Sondereinsatzkommando. Das bedeutet, wenn es irgendwo zu Bedrohungslagen kommt, Geiselnahmen, terroristischen Anschlägen, Entführungen und ähnlichem, dann bin ich im Einsatz, ich…«

»Du bist Soldat?« fragte ich entsetzt. Eine Bilderkette lief vor meinem inneren Auge ab: Marschbefehl – Auslandseinsatz – feindlicher Bombenangriff – Tod.

»Polizist!« korrigierte er entschieden. Er wartete darauf, dass die Tragweite seines Geständnisses in mein Bewusstsein sickerte.

»Sondereinsatzkommando.« wiederholte ich.

Andere, nicht weniger erschreckende Bilder geisterten durch meinen Kopf: Eine schwarzgekleidete Gestalt, die sich über Dächer bewegte – rote Zielpunkte – ein Knall – ein Ruck, der durch einen Körper fährt, der zusammensackt und leblos liegenbleibt.

»Das heißt… es kann sein, dass du mal jemanden umbringen musst.«

»Das kann nicht nur sein.«

Endlich hatte ich es verstanden. Ich schnappte nach Luft. »Das ist übel.« stieß ich hervor. Das war unmöglich, nicht dieser, mit seinen sanften Augen!

»Du hast schon getötet?« fragte ich überflüssigerweise.

»Wenn ich muss, werde ich es wieder tun.« ergänzte er.

Ich keuchte. Das war zu heftig. Hilfesuchend blickte ich ihn an. War das vielleicht doch so eine Art Scherz? Aber sein Gesicht zeigte keine Spur davon, er meinte es ernst. Jakob wartete und hoffte, und es war diese Hoffnung in seinen Augen, die mich davon abhielt, aufzuspringen und wegzurennen.

»Wie oft?« fragte ich und meinte eigentlich »Wie viele?«

»Über manche Details darf ich nicht sprechen.« wich er mir aus.

Ich schüttelte den Kopf und streckte mich auf dem Fels aus. Ich brauchte etwas Zeit. Das waren keine harmlosen Passanten, auf die er zielte, das waren Terroristen, Mörder, Leute, die nichts zu verlieren hatten, nichts achteten, keine Gesetze respektierten. Dennoch…!

»Wie kannst du damit leben?« fragte ich.

Er lehnte sich nach vorn, schloss die Arme um seine Knie und zuckte mit den Schultern.

»Es gehört dazu, ist Teil meiner Arbeit. Ehrlich gesagt, es ist widerlich, als würde man in seine eigene Seele schießen. Aber jemand muss es tun, jemand Gescheites. Kein Rambo. Und man tut es nur, wenn es sonst keinen Ausweg gibt. Deswegen empfinde ich keine Reue.«

Jetzt stellte ich ihn mir vor wie in einem Actionfilm. In schwarzer Montur auf einem Dach liegend, das Gewehr mit Zielvorrichtung im Anschlag, von hinten schlich sich jemand an…

»Schau mich bitte nicht so an.« sagte er, seine Stimme so sanft, so weich.

»Es geht nicht anders.« sagte ich – abgestoßen und angezogen zugleich. »Ich vertraue dir. Aber es macht mir auch Angst.«

»Du hast Angst vor mir.« stellte er fest und sah sich nach dem Fußpfad um, der zur Hütte führte.

»Angst um dich, um dein Leben.« stellte ich richtig.

Er blieb sitzen. Das Meer rauschte und der Wind hatte leicht zugenommen. Langsam begann es zu dämmern.

Konnte ich ihm einen Vorwurf für seinen beruflichen Weg machen? Durfte ich das? Und hatte ich überhaupt eine Wahl? Mein Herz hatte längst entschieden und mein Verstand war ausgeknockt. Für mich gab es nur den einen Weg: Ich wollte mit ihm zusammen sein.

Dieses Thema war nicht zu Ende diskutiert und würde es zwischen uns vielleicht nie sein, aber ich war froh, dass er aufrichtig zu mir war. Ich war mir sicher, dass er keine leichtfertigen Entscheidungen traf. Außerdem fühlte ich Rührung darüber, dass er sich so besorgt über meine Reaktion gezeigt hatte.

»Wir sollten langsam aufbrechen.« unterbrach Jakob meinen Gedankenstrom. Er stand auf und trat zum Eimer.

»Du hast etwas gefangen!« rief er überrascht.

Er ging in die Hocke, um die Fische näher zu betrachten. Ich stellte mich neben ihn.

»Einen Hecht, einen ordentlichen Dorsch, zwei kleine Heringe. Und hier ist noch einer, was ist das? Noch ein kleiner Dorsch.« ergänzte er begeistert. »Wow, toll gemacht!« rief er, erhob sich und zog mich in eine feste Umarmung.

Ich war überrumpelt – und wurde von meinen Gefühlen überschwemmt. Gern hätte ich ihn auch umarmt, aber mein Herz raste und ich konnte mich nicht bewegen.

Doch Jakob ließ mich sowieso gleich wieder los, so sehr beschäftigte ihn der Fang. Aus der Kiste mit den Haken zog er ein Fischmesser und machte sich daran, die Tiere abzumurksen und auszunehmen.

»Die Heringe kannst du zurück ins Wasser werfen.« schlug ich vor, denn die mochte ich gar nicht.

»Was? Nein, die schmecken gut.« entgegnete er.

Im Nu hatte er sie alle ausgenommen – was die Möwen anlockte – das Wasser ausgekippt und die Fische wieder im Eimer untergebracht. Ich hob die Angeln auf, er nahm den Eimer in die Eine und die Box mit den Ködern in die andere Hand, und wir machten uns auf den Rückweg.

»Wahnsinn, wie hast du das gemacht?« schwärmte er. »Wir können die Dorsche im Ganzen braten. Oder, noch besser – hast du einen Grill?« Er wartete meine Antwort nicht ab und ging so schnell, dass ich kaum mit ihm Schritt halten konnte. »Wir grillen sie! Ohne alles, nur in Folie. Frisch schmecken sie am besten.« Er schaute mich von der Seite an. »Toll gemacht, wirklich! Und so viele.«

Ich freute mich über sein Lob und seine Begeisterung.

»Der erste hat an deiner Angel angebissen.« gab ich zu. »Aber da hast du schon geschlafen.«

»Ich habe noch nie eine Frau getroffen, die…« Er verstummte.

»Die was?«

»Nichts.« sagte er verlegen und starrte geradeaus.

Bei der Hütte angekommen, trug er die Fische zum Waschbecken, das an der Außenwand angebracht war, schuppte und reinigte sie. In der Zwischenzeit warf ich den Grill an und schleppte die Zutaten und das Zubehör herbei. Liebevoll wickelte Jakob den großen Dorsch und die Heringe in Alufolie und verstaute die übrigen Fische im Kühlschrank.

Wir setzten uns wartend an den Grill. Jakob erzählte von vergangenen Angelerlebnissen und ich berichtete von meinem ersten und einzigen zuvor gefangenen Fisch.

»Was machst du eigentlich beruflich?« fragte er nach einer kleinen Pause, als dieses Thema nichts mehr hergab.

»Ach, ich habe einen ganz gewöhnlichen Job.« räumte ich ein und erzählte ihm von meiner Tätigkeit im Sekretariat einer Erwachsenenbildungsstätte.

»Die Belegung der Kursräume planen, das Kulturprogramm organisieren, Übernachtungsmöglichkeiten finden, unsere eigenen Zimmer verwalten, ganz normaler Bürowahnsinn. Ziemlich langweilig im Vergleich zu dir.«

Er machte eine abwehrende Handbewegung. »Nein, gar nicht. Hast du eine volle Stelle?«

»Siebzig Prozent. Ich habe reduziert, weil ich mehr Zeit für mein Hobby haben wollte. Seit Langem will ich einen Krimi schreiben. Ich habe schon geplant, was alles darin passieren soll, und viele Ideen zu den Personen gesammelt. Nur zum Schreiben komme ich zu Hause nie. Ich wollte hier im Urlaub endlich anfangen.«

Der Grill hatte die richtige Temperatur erreicht. Jakob legte die Fische über die glühenden Kohlen.

»Ich muss dir noch was sagen.« sagte er, als er vom Grill zurückkam. Er schob seinen Stuhl so dicht neben meinen, dass sich unsere Arme berührten. Mein leerer Magen begann zu hüpfen.

»Ich auch.« sagte ich, komischerweise ohne zu stottern.

Er legte den Kopf schräg und verscheuchte eine Mücke von seinem Handrücken.

Die Worte sprudelten nur so aus mir heraus: »Als ich dich zum ersten Mal gesehen habe, vor ein paar Tagen, an der Grenze… Es hat sich angefühlt wie ein Blitzeinschlag. Es war Liebe auf den ersten Blick. Jedes Mal, wenn ich dich ansehe, kriege ich einen elektrischen Schlag und mein Herz flattert, und wenn du mich so anguckst und so nah bist, vergesse ich fast zu atmen.« Ich schnappte nach Luft.

»Warte.« sagte er. »Mir ging es ähnlich.« fügte er dann sanft und langsam hinzu. »Ich habe dich gesehen und hatte dieses Gefühl. – Ich meine…« Er schnaufte, als würde er etwas Schweres auf den Rücken heben. »Es ist nicht so einfach, das zu sagen.« erklärte er entschuldigend. »Ich kenne das von mir gar nicht. Aber als ich dich das erste Mal sah, hatte ich das Gefühl – mir dir möchte ich mein Leben verbringen.«

Er legte einen Arm um mich und sein Gesicht war meinem plötzlich ganz nahe, als er sich zu mir hinabbeugte. Seine Augen glänzten im Licht der fortgeschrittenen Dämmerung. Er war so nah – er liebte mich – er würde mich küssen!

Mein Magen spielte verrückt. Ich war zu nervös, zu aufgedreht. Entsetzt sprang ich auf und rannte ins Haus. Im Laufen zog ich die Tür hinter mir zu und stürzte ins Bad.

Ein paar Minuten blieb ich auf den kühlen Fliesen sitzen. Wie peinlich ich doch war! Mit jeder Faser meines Körpers sehnte ich mich danach, ihn zu berühren und von ihm berührt zu werden, doch wenn es geschah, brach ich fast zusammen.

Schließlich konnte ich mich nicht länger verkriechen. Ich verließ das Bad und die Hütte. Jakob stand gerade am Grill und wendete die Fische.

»Tut mir leid.« sagte ich und schob meinen Stuhl unauffällig ein Stück zur Seite.

»Hast du irgendwas Schlechtes gegessen?« fragte er, als er sich umdrehte und die neue Sitzordnung registrierte.

»Nein, das liegt…« begann ich und ergänzte in Gedanken *…an dir.* Auch ohne dass ich es aussprach, verstand er. Er setzte sich wieder und schaute den Grill an.

»Das ist mir auch noch nicht passiert.« meinte er leise. »Dass sich eine Frau übergibt, wenn ich versuche, sie zu küssen. Nicht, dass ich es allzu oft probiert hätte.«

»Mir ist das auch noch nie passiert.« murmelte ich beschämt. »Ich kann das nicht beeinflussen. Tut mir leid.«

Wir schwiegen eine Weile.

»Estelle, da gibt es noch etwas, das du über mich wissen solltest.«

Herz: angespannter Trommelwirbel, Ohren: Dröhnen, Magen: Sprünge. Noch mehr Geständnisse? Ich hielt die Luft an.

Er schaute zu mir hinüber. »Kann es sein, dass du jede Minute ein Stück weiter weg sitzt?« fragte er überrascht.

Ich lief knallrot an, was er zum Glück bei diesem Licht nicht mehr sehen konnte.

»Keine Katastrophe,« fuhr er fort »aber du solltest wissen, dass ich ein eher langweiliger und furchtbar phantasieloser Mensch bin. Ich habe nie originelle Ideen und romantisch bin ich auch nicht.«

»Ok.« antwortete ich wie ein Schaf und fand ihn toll und bewundernswert.

»Was, ok?« fragte er. »Das ist nicht ok. Das kann sehr anstrengend sein. Und irgendwann wirst du's mir wahrscheinlich vorwerfen.«

»Das lässt sich nicht ändern. Ich liebe dich. Ich akzeptiere das, ich kann gar nicht anders.«

Meine Stimme erstarb in einem Flüstern. Jakob sprang auf und beugte sich über mich, indem er seine Hände auf meine Armlehnen stellte. Sein Gesicht kam meinem sehr nahe.

»Jakob!« keuchte ich.

Die Überrumplung hatte nur umso heftigere Reaktionen zur Folge. Mühsam kämpfte ich sie nieder und er ließ von mir ab, trat wieder zum Grill und zupfte an der Alufolie eines Herings herum.

»Hmm, sehr lecker.« machte er genießerisch und wischte sich einen Tropfen zerlassene Butter aus dem Mundwinkel.

In den vergangenen Minuten hatten wir mit einem Heißhunger Fisch gegessen, der der Frische des Fangs zuzuschreiben war. – Und Jakobs Expertise als Grillmeister war auch nicht zu verachten.

»Fantastisch!« bestätigte ich und vertilgte die letzten Reste meines halben Dorschs. Die andere Hälfte und die beiden Heringe hatte Jakob verschwinden lassen.

Auf unserem Tisch brannten ein paar Windlichter herab. Gegen die kühlen Böen hatte ich mir eine Jacke übergezogen. Eine Weile saßen wir in sattem und zufriedenem gemeinschaftlichen Schweigen da. Ich spürte, wie müde ich war. Der Abwasch türmte sich zwar im Spülbecken, aber der musste bis morgen warten.

»Wo schläfst du?« fiel mir plötzlich ein.

»Ich kann im Auto pennen.« meinte er.

»Nein, ach was, im Haus gibt es genug Möglichkeiten. Du kannst das Etagenbett haben.«

»Das ist schon ok, ich hab' schon oft im Auto geschlafen.«

Schließlich gelang es mir, Jakob zu einer Übernachtung im Ferienhäuschen zu überreden. Ich bezog ihm sein Bett und ging schlafen. Wie er ins Zimmer kam und sich hinlegte, hörte ich nicht mehr, so schnell war ich ins Reich der Träume geglitten.

Mitten in der Nacht erwachte ich von einem lauten Rumpeln ganz in der Nähe.

»Jakob?« frage ich leise. »Hast du dich gestoßen?«

Ruhige, regelmäßige Atemzüge verrieten mir, dass er schlief. Offenbar hatte er nichts gemerkt.

Als ich wieder aufwachte, schien bereits die Sonne. Obwohl es erst kurz nach sieben war, war ich hellwach. Ich schnappte mir ein paar Kleidungsstücke und ein Handtuch und ging zum Meer hinab, um zu baden.

Das Wasser war kühl und erfrischend, spiegelglatt und in der Stille des Morgens atemberaubend schön. Nur einzelne Vogelstimmen waren von Zeit zu Zeit zu hören und ein Eichhörnchen, das durch die Zweige naher Bäume huschte.

Ich war bezaubert und blieb viel länger im Wasser als gut war. Mit vor Kälte klappernden Zähnen stieg ich endlich hinaus, zog mich an und rannte zur Hütte zurück, um eine große Portion Müsli zu vertilgen, bevor ich den gigantischen Abwaschberg in Angriff nahm. Ich glaube, wir hatten so ungefähr alles an Geschirr und Küchenutensilien benutzt, was dieses Häuschen bereithielt.

Auf leisen Sohlen holte ich mir anschließend mein Buch aus dem Schlafzimmer. Jakob schlief noch immer tief und fest. Sein Kopf lag neben dem Kopfkissen, das Gesicht hatte er zur Wand gedreht. Ich schlich wieder hinaus und überließ mich in der Sonne dem herzerwärmenden Gebrabbel meines Liebesromans.

Schließlich hörte ich von drinnen einen lauten Fluch und das Knallen der Badezimmertür. Ich erhob mich aus dem süßen Gesäusel und trat in die Tür. Jakob stapfte gerade tropfnass und nur mit einem Badetuch bekleidet ins Schlafzimmer zurück.

»Ich bin so ein Esel!« fluchte er. »Verdammt noch eins!« Er wühlte im Bett herum und ging dann auf die Knie, um darunter zu sehen. »Verdammt, verdammt, verdammt!« wiederholte er.

»Kann ich dir helfen?« fragte ich schüchtern.

»Ich kann meine Waffe nicht finden!« schnaufte er.

Ich stellte mich in den Türrahmen.

»Wo hast du sie denn hingelegt?«

Er setzte sich auf die Bettkante und klopfte neben das Kopfkissen. »Gestern Abend habe ich sie genau hierher gelegt. Sie kann doch nicht weg sein!« Er war richtig entsetzt. »Das kann nicht sein! Das ist mir noch nie passiert!«

Jakob packte das Kopfkissen und schüttelte es, als habe es absichtlich das Schießeisen verschluckt. Dann pfefferte er es auf den Schreibtisch und wiederholte die Untersuchung ebenso erfolglos mit der Decke.

»Sie kann nicht einfach verschwunden sein!« wiederholte er. Er ließ sich erneut auf die Bettkante sinken und wuchtete das Nachtschränkchen zur Seite. Seine Muskeln traten unter der Haut hervor und ich vergaß so ziemlich alles andere um mich herum. Wie stark er war!

»Das Problem ist,« ließ Jakob sich wieder hören, »dass ich ohne sie nicht mal den Raum verlassen darf. Bisher habe ich das auch nie. Nur diese Nacht… Ich habe so tief geschlafen und war noch ganz…«

Er öffnete die Tür des Nachtschränkchens, um in dieselbe Leere zu schauen, die auch darunter geherrscht hatte. Danach zog er die Schublade auf und nahm ein schwarzes Kästchen heraus, das er inspizierte.

»Zumindest das Magazin ist hier.« sagte er halbwegs beruhigt.

Erfolglos hob er die Matratze an, um darunter zu sehen. Als nächstes kniete er sich neben das Bett und schaute in den Zwischenraum zu meinem. Plötzlich fiel mir das laute Krachen von vergangener Nacht wieder ein.

»Ich hab' eine Idee.« meinte ich, legte mich quer über seine Matratze und versuchte, in den Spalt zwischen dem Bett und der Wand zu sehen. »Ich glaub', da ist was.« murmelte ich, als ich einen schwarzen Klotz erspähte.

»Was, wo?« fragte Jakob.

Er ließ sich neben mich fallen, ganz dicht neben mich, und legte mir eine Hand auf den Rücken. Jakob so eng neben mir, fast nackt, nach dem Duschen duftend, in seinem

Bett, das nach ihm duftete. Ich sog tief die Luft in meine Lungen. Mein Magen blieb ruhig, aber in meinen Ohren rauschte es. Mir war schwindelig.

Wenn ich gekonnt hätte, hätte ich mich umgedreht, ihn gepackt und an mich gezogen, um ihn die nächsten Stunden nicht mehr loszulassen. Stattdessen schob ich meinen Arm hinter das Bett und fischte nach dem Metall. Mit zwei spitzen Fingern bekam ich schließlich den Lauf zu fassen und zog ihn herauf. Langsam gelangte das mit Staubflusen dekorierte Werkzeug ans Tageslicht. Jakob griff danach, riss es mir fast aus der Hand.

»Du bist die Beste!« rief er überschwänglich und drückte mir einen festen Kuss auf die Wange.

Im nächsten Moment sprang er aus dem Bett, schob das Magazin in die Waffe und schlüpfte ins Holster, in dem er das Schießeisen verstaute. Ich verschwand auf wackeligen Beinen aus dem Zimmer und schloss die Tür im selben Moment, in dem sein Handtuch zu Boden glitt.

Als er zu mir in den Garten herauskam, wo ich mich auf einem Klappstuhl an meinem Liebesroman festklammerte, hatte ich wohl noch immer einen Silberblick. Er trat zu mir und ging vor mir in die Hocke.

»Was hast du?« fragte er.

»Nichts.« antwortete ich.

»Ach so.« meinte er.

Unsere Dialoge würden einmal in die Weltliteratur eingehen.

Er sah mich sanft und etwas mitleidig an. »Wie wäre es, wenn ich den Hecht filetiere und den letzten Dorsch von gestern in die Pfanne werfe?« schlug er vor.

Ich nickte und so saß ich draußen, lauschte den Geräuschen, die er in der Küche machte, und wartete darauf, dass die Welt aufhörte zu beben.

Am nächsten Tag gingen wir wandern. Nur ein paar Kilometer von der Hütte entfernt lag ein Naturschutzgebiet mit vielen seltenen Pflanzenarten, ausgedehnten Wäldern und einer abwechslungsreichen Auenlandschaft.

Wir hatten die Tour am Nachmittag zuvor geplant und eine ganze Weile über der Landkarte gebrütet. Es gab zwar keine ausgeschilderten Wanderwege, aber Jakob hatte einen Kompass aus seiner Reisetasche gezogen und erklärt, dass das in Verbindung mit der Karte vollkommen ausreichen würde.

Unsere Route sollte durch Wald, Aue und Moor führen und den ganzen Tag dauern, daher hatten wir einen Nudelsalat als Wegzehrung vorbereitet, Brote geschmiert und ein paar Flaschen Wasser eingepackt. In Jakobs Wagen fuhren wir zum Startpunkt unserer Wanderung. Das morgendliche Wetter ließ auf einen schönen und warmen Tag hoffen, und wir machten uns in einem ruhigen aber zielstrebigen Tempo auf den Weg.

Jakob gab sich Mühe, sich meiner Geschwindigkeit anzupassen. Er war von seinen Trainings gewohnt, stundenlang mit schwerem Gepäck in Bewegung zu sein, aber dies war schließlich eine Freizeitwanderung. Trotzdem war ich dankbar, dass er den Rucksack trug.

Unsere Tour begann in einem Laubwald mit einer Vielzahl uralter Eichen und Ulmen, die mich in Erstaunen versetzten. Eine solche Menge von Baumriesen hatte ich noch nie gesehen. Staunend stapfte ich hinter Jakob her und merkte zunächst gar nicht, dass wir vom Weg abgewichen waren. Plötzlich blieb er stehen und ich, die gerade auf eine besonders knorrige, uralte Eiche zurückschaute, rannte in ihn hinein.

»Hoppla.« sagte er und nutzte die Gunst der Stunde, mich an sich zu ziehen. »Habe ich dir schon mal gesagt, wie sehr ich dich liebe?« sagte er leise mit einer tiefen, warmen Stimme, die mich durchrann wie ein wohliger Schauder.

Seine Augen, diese tiefen Waldseen, glänzten an diesem Ort besonders dunkel und verheißungsvoll. Etwas Unglaubliches geschah in diesem Augenblick. Plötzlich wusste ich, dass Jakob zu mir gehörte. Er war gekommen, um zu bleiben. Er war ein Teil von mir. Ich würde mein Leben mit ihm verbringen und wir würden alle Stürme des Lebens gemeinsam durchschreiten.

Ich blickte ihm in die Augen und erkannte darin sein Herz und er sah meines, mit all seiner Kraft und all seinen Verletzungen. Jakobs Mut und seine Zuversicht durchströmten mich. Niemals wieder würden wir alleine kämpfen müssen. Er würde an meiner Seite sein und ich an seiner. Ich war angekommen, hier im schummrigen Forst in seinen Armen.

Mit einem Mal hörte ich all die kleinen Geräusche des Waldes um uns herum überdeutlich: Das leise Rauschen des Laubes im Wind, ein Knarren von aneinander reibenden Ästen, das Rascheln von Mäusen auf dem Waldboden, das Zwitschern der Vögel…

Er beugte sich zu mir herab und küsste mich.

Einen langen Moment später fiel die rauschhafte Benommenheit von uns, die unser Kuss ausgelöst hatte. Ich griff nach seiner Hand und wir gingen weiter. Erst als wir ein Gestrüpp erreichten, bemerkte ich, dass wir querfeldein durch die Landschaft gewandert waren.

»Wir haben den Pfad verloren.« meinte ich eher erstaunt als erschreckt.

Jakob grinste und führte mich um das Dickicht herum, bis er eine Stelle fand, durch die man sich hindurchzwängen konnte.

»Ich zeig' dir mal 'was.« erklärte er schlicht und bahnte uns einen Weg durch ein paar überhängende Brombeerranken.

Er machte einen Schritt zur Seite. Vor uns lag, nein, offenbarte sich im strahlenden Sonnenschein, in den wir aus dem Schatten des Waldes traten, eine große, grasbewachsene Lichtung. In ihrer Mitte breitete eine gigantische knorrige Eiche ihre mächtigen Äste buschig in alle Richtungen aus. Ich staunte ergriffen. Was für eine Sensation!

Wir folgten einem Tierpfad quer über die leicht abschüssige Wiese bis in den Schatten der uralten Eiche. Unter ihr lag, moosüberwachsen und käferzerfressen, ein toter Ast, selbst in der Stärke eines alten Baumes. Noch überraschter war ich, als ich sah, dass zu ihren Füßen eine Quelle entsprang, ein schmales, stetiges Rinnsal, das sich, umstanden von Kräutern und niedrigen Sträuchern, plätschernd seinen schlängelnden Pfad über den unteren Teil der Lichtung bahnte.

»Das ist phantastisch!« flüsterte ich entrückt. »Was für ein zauberhafter Ort. Wie im Märchen.« Ich hielt meine Fingerspitzen in das Bächlein. Das Wasser war klar und kalt. »Woher kennst du diese verwunschene Lichtung?« fragte ich Jakob.

Er hatte sich im Halbschatten der Eiche niedergelassen und lächelte glücklich. »Von einer Übung. Wir sind hier mal aufgetroffen.«

Verständnislos sah ich ihn an. Er zeigte mit einem Finger zum Himmel. »Wir sind mit dem Fallschirm abgesprungen und hier gelandet.«

Jakob lachte, als ich ihn anblickte, als hätte er heilige Erde entweiht. »Wir mussten uns innerhalb einer begrenzten Zeit ohne Karte zu einem Zielpunkt durchschlagen.« erklärte er dann. »Das hat ganz gut geklappt, obwohl wir allesamt viel lieber hier kampiert hätten. Seitdem habe ich mir gewünscht, nochmal herzukommen.«

Ob Jakob auch Geschichten aus den Urwäldern Borneos zum Besten geben würde, wenn man ihm die Gelegenheit dazu gab? Ich fühlte mich an Rasvas Erzähltalent erinnert, aber das lag vielleicht an mir. Vielleicht konnte ich einfach nicht glauben, dass das Abenteuerliche im Leben mancher Menschen wirklich passierte. Ich überließ dieses Forschungsgebiet späteren Exkursionen, setzte mich neben ihn ins Gras und packte unser Essen aus.

Irgendwie kamen wir auf unsere Jugendsünden zu sprechen – wir hatten nie denselben Musikgeschmack gehabt: Jakob hatte als Volksmusiker auf der Bühne gestanden und ich hatte mit Anfang Zwanzig in meiner Gothic-Phase in Jugendclubs herumgehangen und mich als Groupie für abgründige Undergroundbands begeistert.

»Und?« fragte Jakob: »Hast du Drogen genommen?«

»Nein, sicher nicht.« sagte ich empört. »Das ist doch ein Klischee! Allerdings«, musste ich einräumen, »wurde in manchen Clubs gekifft, und da hat man passiv mitgeraucht.«

Offenbar fand er das schon schlimm genug. »Und du hast nie gekifft?« fragte er mich verkniffen.

»Ich hab' mal einen Joint geschenkt bekommen, den hab' ich zu rauchen versucht.« gab ich zu und konnte beobachten, wie sich Jakobs Gesicht verfinsterte. »Aber als Nichtraucherin bekam ich den Rauch nicht in die Lunge herunter, deshalb hat es nicht funktioniert. Ich hab' nichts gespürt. Das war das einzige Mal, dass ich einen Joint in der Hand hatte. Es ist jetzt Jahre her.« endete ich.

Das schien ihn einigermaßen zu besänftigen.

»Und selbst?« fragte ich zurück. »Was hast du eingeworfen, um all die Trainings durchzuhalten?«

Falsche Frage. Er sah mich an, als hätte ich ihn gebeten, seine Großmutter mit der Kettensäge zu zerteilen – und zwar auf dem Nobelpreisdinner.

»Nichts!« rief er empört. »Ich habe mir alle Erfolge durch harte Arbeit erkämpft. Wenn es für ein Etappenziel nicht gereicht hat, habe ich so lange stärker trainiert, bis ich es erreicht habe. Außerdem werden wir regelmäßig Drogentests unterzogen.« grollte er.

»Ich werde dich auch einem Test unterziehen!« rief ich und stürzte mich auf ihn, um ihn ins Gras zu werfen und einen Kuss zu ergattern.

»Ach ja, und was für ein Test sollte das sein?« fragte er höhnisch grinsend einen Wimpernschlag später, als er – meine beiden Handgelenke mit einer Hand festhaltend – rittlings über mir saß.

»Ein Test zu deinem Reaktionsvermögen.« murmelte ich leise.

»Sag doch einfach, dass du mich küssen willst.«

»Wie unromantisch!« seufzte ich, als er sich zu mir hinabbeugte und meine Handgelenke freigab, so dass ich ihn endlich an mich ziehen konnte.

Wir verbrachten paradiesische Tage miteinander. Jakob hatte eine Woche Urlaub genommen und wir genossen die gemeinsame Zeit in der Natur und mit dem Besuch von Sehenswürdigkeiten, ohne uns Gedanken über die Zukunft zu machen.

Meine Vertreibung aus dem Paradies kam plötzlich und riss mir den Boden unter den Füßen weg. Sie war so schmerzhaft, dass ich mir anfangs wünschte, Jakob nie kennengelernt zu haben. Ich fluchte nicht und bedauerte nichts und fühlte auch keine Schuld. Ich trauerte nur, trauerte so innig, wie ich es nie zuvor getan hatte.

Fast eine Woche nach seiner Ankunft, an einem Donnerstagmorgen, war Jakob vor mir auf den Beinen. Er war aufgestanden, um Frühstück zu machen, während ich noch vor mich hin döste. Ich hörte, wie er in der Küche mit der Pfanne hantierte, wie er die Kühlschranktür öffnete und schloss, lauschte dem Brutzeln von heißem Fett und dem Klappern von Tellern und Besteck, das seinen Platz auf dem Küchentisch fand. Dann wurde es plötzlich still. Die Badezimmertür schloss sich hinter Jakob, und ich stand auf, um in die Küche zu gehen.

Die Pfanne mit den fertigen Spiegeleiern war auf eine kalte Kochplatte gezogen worden, der Herd war aus – und auf der Anrichte daneben stand eine braune Papiertüte, die ich sehr wohl kannte. Jakob hatte sie geöffnet und ich sah, ohne sie zu berühren, dass sie noch immer denselben Inhalt aufwies wie am Tag von Rasvas und meiner Anreise: etwa fünf Beutelchen mit portionsweise abgepacktem Marihuana.

Seit den Ereignissen an der Grenze hatte ich keinen Gedanken mehr daran verschwendet und nun wurde mir kalt vor Schreck. Jakobs Haltung gegenüber Drogen war sehr ablehnend. Er hatte mit einem solchen Widerwillen und einer solchen Abscheu, fast schon Hass, davon gesprochen, dass mir jeder Einwand – selbst was leichte Drogen betraf – absurd vorgekommen war.

Ich fühlte, dass ich blass wurde. Mit ruckartigen Bewegungen wickelte ich hektisch die Tüte zusammen und als Jakob zurückkehrte, verbarg ich sie hinter meinem Rücken, ohne darüber nachzudenken, wie unsinnig das war.

Er kam gar nicht erst zu mir herüber, sondern ging zur Schlafzimmertür. Hier blieb er kurz stehen. »Was ist das?« fragte er abweisend und zutiefst enttäuscht.

Es tat mir so weh, ihn schmerzlich getroffen zu sehen. »Dada-das ge-gehört m-m-mir ni-nicht!« stotterte ich. »Das ist

Ra-Rasvas Tüte. Ich w-weiß auch ga-gar nicht, wa-warum sie hier ist, sie-sie wollte-te sie zu-zu-zu-zum Festival-val mit-mit-mit-mitnehmen.«

»Habe ich hinter den Gewürzen gefunden.« sagte Jakob und deutete auf das Brett mit den kleinen Dosen und Gläsern über der Anrichte. Er drehte sich um und verschwand im Schlafzimmer. Ich starrte hinter ihm her. Drei Minuten später kam er zurück, voll bekleidet, seine Reisetasche in der Hand.

»Ich muss das melden.« sagte er kalt. »Ich *werde* das melden.« korrigierte er sich selbst und ging zur Tür.

Ich war starr vor Entsetzen und konnte nicht glauben, dass geschah, was niemals geschehen durfte: Jakob verließ mich. Und ich sah ihm dabei zu.

»Das gehört mir nicht.« wiederholte ich hilflos.

»Du hast davon gewusst.« konterte er hart.

Als er an mir vorbeiging, wandte ich mich ihm zu, widersinnigerweise einen Abschiedskuss von ihm erwartend, den ich natürlich nicht bekam und nie von ihm bekommen sollte. Jakob fühlte sich getäuscht und betrogen, er folgte seinem Verstand und einem Eid, den er geleistet hatte, nicht seinem Herzen. Ich sah es in jenem Moment, wenn ich es auch erst später verstand, als ich in der Stille der Steppe wieder zu mir fand.

In jenem Moment trat er zur Tür hinaus, warf seine Reisetasche auf den Rücksitz, stieg in sein Auto und fuhr davon. Vor der Hütte stehend sah ich ihm auch dann noch nach, als er längst aus meinem Blickfeld verschwunden war.

Ich versuchte meinen Schmerz zu lindern, indem ich mich bewegte, packte Essen und Wasser in meinen Rucksack, eine Jacke und meinen Sommerschlafsack. Dann stieg ich auf das Fahrrad, das ich vor Rasvas Abfahrt gemietet hatte.

Auf einem Wanderparkplatz stellte ich den Drahtesel ab und ging in die grüne, mit Wacholder und niedrigen Bäumen bestandene Steppe hinaus. Ich weiß noch, dass ich anfangs einer Kuhherde hinterherwanderte, die in der Nähe des Parkplatzes gegrast hatte, und nun in nördlicher Richtung zu einer anderen Weide zog. Viele Stunden folgte ich einem Pfad, rastete ab und zu und wanderte immer weiter, sogar dann noch, als die Dämmerung einsetzte.

Erst als es fast dunkel war, kam ich zur Ruhe. Ich erreichte eine hohe Trockenmauer, die quer über eine Felsplatte führte. In deren Windschatten ließ ich mich nieder, den Rücken an die Mauer gelehnt. Rechts von mir ging die Sonne in einem gewaltigen Farbschauspiel unter. Ich starrte in die Landschaft hinaus und wartete darauf, dass das Rauschen in meinen Ohren nachließ. Jakob hatte mich heute nicht nur einmal verlassen, sondern in meiner Erinnerung wieder und immer wieder.

Es wurde kühl und als ich meine Jacke überzog, fand ich mein Handy in der Tasche. Rasva hatte geschrieben, sie würde etwas später zurückkommen. Das konnte mal wieder alles heißen, von ein paar Stunden über einen Tag bis zu einer Woche. Als ich ihr antworten wollte, piepte das Gerät noch einmal und schaltete sich aus. Ich hatte es in den letzten Tagen nicht beachtet und nun war der Akku leer.

Die leisen Geräusche erwachten in der Dunkelheit, aber ich verspürte keine Angst, denn das Schlimmste, das eintreffen konnte, war bereits geschehen. Die Trauer über Jakobs Abreise war so schmerzvoll, dass sie kaum zu ertragen war.

Dennoch – ich verstand ihn und machte ihm keinen Vorwurf. Er hatte so handeln müssen. Er tat mir sogar leid, weil er sich betrogen fühlte. Und Rasva? Ich konnte ihr nicht böse sein, ich hatte keine Energie dazu, es war so unwichtig.

Irgendwann kroch ich in meinen Schlafsack und schlief ein. Die Felsplatte hatte die Wärme des heißen Sommertags gespeichert und gab sie schützend an mich weiter.

Als mich die ersten Sonnenstrahlen des neuen Morgens weckten, war mein erster Gedanke, dass dieser Tag gar nicht erst beginnen sollte. Es war ein weiterer Tag in einer endlosen Reihe, die ich ohne Jakob leben musste. Wie nutzlos mir das vorkam!

Vielleicht kehrte wenigstens Rasva heute zurück, dann hätte ich jemanden zum Reden. Irgendwie würden wir uns für das Gras verantworten müssen, da war ich mir sicher. Ich wusste nicht, was mich erwartete, aber ich war erleichtert, dass ich die Stunden bis in den Abend hinein noch in der Steppe verbringen konnte.

Mein Rückweg führte durch dieselbe menschenverlassene, grünende und blühende Landschaft wie tags zuvor. Ich hatte mir einen Pfad gesucht, der in einem weiten Bogen zum Wanderparkplatz zurückführte.

Es wurde ein strahlend heißer Sonnentag. Schmetterlinge, Bienen, Hummeln und Fliegen surrten durch die Luft. Der wilde Thymian und der reichlich mit blauschwarzen Beeren geschmückte Wacholder dufteten um die Wette. In diesen Stunden da draußen spendete mir die Landschaft Trost, der sich wie eine leichte Decke um meine Trauer legte.

Der Weg war weit und ich war so lange Wanderungen nicht gewohnt. Bald zeigte sich, dass ich vom Hinweg noch geschafft war. Ich kam nur langsam voran, musste öfter rasten und stieß am späten Nachmittag auch noch unerwartet auf ein Moor, das ich umgehen musste. Es dämmerte bereits, als ich den Parkplatz und mein Fahrrad erreichte.

Bis ich beim Ferienhäuschen ankam, war es vollends Nacht geworden. Rasvas Auto war nicht zu sehen, aber im Inneren der Hütte brannte Licht. Ich rief laut ihren Namen als ich eintrat – und bekam einen Mordsschreck, als statt ihrer ein fremder Mann aus dem Schlafzimmer kam. Er hatte die Notizen für meinen Roman in der Hand und sah mich forschend an.

In diesem Moment brach mit dem Zorn der Verzweiflung all die Energie aus mir heraus, die ich hätte aufbringen sollen, um Jakob am Gehen zu hindern und zu bleiben anzuflehen.

»Was machen Sie mit meinen Papieren?« schrie ich erbost. *Verzeih mir, bitte!*

»Was fällt Ihnen ein?! Die gehören mir und gehen Sie überhaupt nichts an.« *Bitte bleib bei mir, ich will nicht ohne dich leben.*

»Geben Sie die sofort her!« *Bitte geh nicht! Ich liebe dich!*

Ich ging auf den Fremden zu und riss ihm die Papiere aus der Hand. Mit meiner Beute zog ich mich wieder zur Tür zurück. Er hatte mich die ganze Zeit nur überrascht angesehen und sich nicht von der Stelle gerührt.

»Wer sind Sie überhaupt?« fragte ich, schon etwas ruhiger.

»Zivilfahnder, Bereich BTMG.« sagte er wichtigtuerisch, zog seinen Ausweis aus der Tasche und hielt ihn mir entgegen. »Und das ist meine Kollegin Linnea Ström.« ergänzte er und wies hinter mich.

Wie aus dem Boden gewachsen stand eine ältere Frau hinter mir, die mir ebenfalls eine Plastikkarte entgegenstreckte. Auf die kurze Distanz konnte ich die Worte *Polizeibehörde* und *Ausweis* lesen.

»Und was wollten Sie mit meinen Papieren?« fragte ich, weil mir sonst nichts anderes einfiel. Ich war leicht verwundert, weil die beiden keine Anstalten machten, sich meiner Person zu bemächtigen und mich in irgendein Polizeiauto zu schleppen.

»Ihren Aufenthaltsort ermitteln. Und den Ihrer Freundin.« antwortete er. »Allerdings kann ich kein Deutsch.« ergänzte er angesäuert.

»Ich denke, wir sollten hier am Tisch Platz nehmen und uns unterhalten.« schlug die Kollegin vor.

Meine Notizen wie einen Schatz umklammernd, folgte ich ihrer Aufforderung. Die Papiertüte war von der Anrichte verschwunden. Ansonsten musste man schon genau hinsehen, um zu bemerken, dass während meiner Abwesenheit jemand hier gewesen war. Die Blumen standen anders und Rasvas Decke lag gefaltet statt gerollt auf dem Bettsofa.

»Wir haben den anonymen Hinweis bekommen, dass hier Drogen zu finden sind.« begann die Polizistin.

»Bullshit!« rief ich gedankenlos. »Jakob lässt sich doch nicht verleugnen.«

Die Beamtin zwinkerte nicht einmal. »Wir sind dem Hinweis nachgegangen und haben in der Küche etwa dreißig Gramm Hanf sichergestellt.« ergänzte sie formell. »Von Ihrem Vermieter wissen wir, dass zwei junge Frauen dieses Ferienhaus bewohnen, keine von Ihnen konnten wir gestern oder heute hier antreffen. Wir haben daher Ihre Sachen auf Hinweise zu Ihrem Aufenthaltsort untersucht.«

Die gleichförmige Stimme der Beamten schläferte mich ein. Ich stützte den Kopf in die Hände und dachte an meine lange Wanderung durch die Steppe. Unversehens war ich eingeschlafen. Eine Hand rüttelte mich wach.

»Jakob?« fragte ich, tieftraurig und im Halbschlaf.

»Gehen Sie doch ins Bett!« forderte die Polizistin mich auf. »Wir sprechen morgen. So hat das keinen Sinn.«

Ich taumelte ins Schlafzimmer hinüber und ließ mich in Jakobs Bett fallen. Die Decke roch noch nach ihm, und während ich mich darin einwickelte, stellte ich mir vor, wie er seine kräftigen Arme sanft um mich legte.

Am nächsten Morgen musste ich tatsächlich Rede und Antwort stehen, wiederholte aber nur, dass mir die Drogen nicht gehörten, und behauptete, ich hätte keine Ahnung, wie sie ins Ferienhaus gelangt waren.

Als die Beamten gegangen waren, hängte ich mein Handy ans Stromnetz und rief Rasva an. Sie ging nicht dran, also hinterließ ich ihr die dringende Bitte um Rückruf auf der Mailbox.

Erst am Nachmittag meldete sie sich bei mir und ich erzählte ihr alles – angefangen von dem Tag, an dem Jakob zu mir gekommen war, bis hin zum Besuch der Polizei, dem Drogenfund, dem Verhör und der Fahndung nach ihr.

Rasva hörte sich die ganze Geschichte in Ruhe an, fragte nach Details und meinte schließlich: »Normalerweise würde ich alles abstreiten und dann sehen, was man mir nachweisen kann, aber dieser Fall liegt etwas anders. Estelle, ist Jakob dir wirklich wichtig?«

»Wichtiger als mein Leben!«, rief ich unbeherrscht. »Wenn es die einzige Möglichkeit ist, Jakob wiederzusehen, dann gebe ich halt zu, die Drogen ins Land geschmuggelt zu haben um sie selbst zu rauchen. Ich *muss* ihn wiedersehen, verstehst du das nicht?«

Plötzlich hatte ich Hoffnung, ihm wiederzubegegnen. In einem Prozess müsste er sicher aussagen und dann würde ich ihn treffen. Er würde sehen, wie ich meine gerechte Strafe erhielt und für meine Sünden büßte. Und dann könnte ich geläutert zu ihm zurückkehren…

»Bullshit!« sagte Rasva.

Offenkundig hatte ich laut gedacht.

»Du sagst gar nichts mehr dazu ohne einen Anwalt. Ich komme so schnell wie möglich zu dir.« Fast liebevoll fügte sie hinzu: »Mach dir keine Sorgen, Süße, wir holen dir deinen Jakob zurück.«

Zwei Stunden später bekam ich eine SMS von ihr: »Bin in Stockholm, gehe jetzt zur Polizei. Melde mich wieder bei dir, sobald ich kann.«

Ich saß am Meeresufer an meiner Badestelle, doch für die großartige Landschaft hatte ich keine Augen. Die nächsten Stunden hielt ich nur krampfhaft meine Daumen umklammert und flüsterte von Zeit zu Zeit: »Alles wird gut! Alles wird gut!« mantraartig vor mich hin.

Am Sonntag kehrte Rasva zum Ferienhäuschen zurück. Erleichtert schloss ich sie in die Arme.

»Das tut mir sooo leid!« beteuerte sie mehrfach. »Wenn ich das gewusst hätte, dann hätte ich den Mist gar nicht erst mitgebracht.«

»Warum hast du das Zeug denn hiergelassen?« schniefte ich, wieder einmal voller Tränen.

»Ich habe es schlicht vergessen! Ich hatte so ein gutes Versteck gefunden – dachte ich zumindest – dass ich bei meiner Abreise gar nicht daran gedacht habe. Na komm!« versuchte sie, mich zu trösten. »Das wird schon wieder. Ich habe alles ganz anständig zugegeben und gesagt, dass ich deine Naivität und Loyalität ausgenutzt habe. Ich werde noch irgendeinen juristischen Ärger kriegen, aber du bleibst davon verschont. – Hoffe ich zumindest.« fügte sie nach einer kleinen Pause hinzu.

»Darfst du denn überhaupt ausreisen?« heulte ich.

»Nein, leider nicht.« Rasva schüttelte betrübt den Kopf. »Ab morgen sitze ich in einer Zelle und schmachte bei Wasser und Brot in einem schimmeligen Kellerverlies. Nur die schweren Schritte meines herzlosen Wächters und das Klirren seines Schlüsselbunds übertönen von Zeit zu Zeit die Seufzer und das Wehklagen meiner Mitgefangenen.«

»Du bist blöd.« stellte ich fest.

»Stimmt!« grinste sie. »Aber du hast eben ein ganz kleines bisschen gelächelt.«

In unserer letzten Urlaubswoche versuchte Rasva alles Mögliche, um mich aufzuheitern. Sie war so rührend dabei, dass ich mir jede Mühe gab, nicht zu traurig zu sein, obwohl der Schmerz über den Verlust Jakobs wie ein Steinklumpen in mir lag.

»Ihr wart allen Ernstes zusammen angeln?« fragte sie einmal ungläubig.

»Ja!« bestätigte ich und berichtete begeistert von meinem umfangreichen Fang und wie wir die Fische zubereitet hatten.

»Oh Gott, Estelle! Dich hat es wirklich erwischt. Angeln! Gibt es etwas Langweiligeres als angeln?«

»Ja, Vögel beobachten!« sagte ich bockig.

»Super! Das machen wir heute!« beschloss sie. »Wir fahren an einen Beobachtungspunkt und halten Ausschau nach den Flattertieren.«

Sie kramte ein Fernglas und ein Notizheft aus ihrem Gepäck. »Lad' dir mal eine Vogelbestimmungs-App runter!« ordnete sie an.

Ich kicherte unbeherrscht. »Ok.« willigte ich ein. »Wir nehmen eine Thermoskanne mit Tee mit und sprechen nur noch mit britischem Akzent.«

»Oh, my dear! Brillant!« konterte sie geziert.

So saßen wir einen Tag an der Küste, blickten abwechselnd durch das Fernglas und notierten jede einzelne Sichtung welcher blöden Möwe oder ollen Stockente auch immer. Und zwar nachdem wir sie unter viel Geschnatter mithilfe unserer App bestimmt hatten.

Die älteren Herren, allesamt durch ihre Riesenobjektive nicht zu übersehende, routinierte Hobby-Vogelbeobachter, reagierten zunächst verwundert, dann begeistert und schließlich irritiert auf die beiden jungen Frauen, die mit großem geheuchelten Elan jedes noch so gewöhnliche Federvieh eifrig begrüßten, diskutierten und zählten. Und dabei hartnäckig darauf beharrten, Deutsch mit britischem Akzent zu sprechen, selbst wenn man sie auf Englisch anredete.

»So!« sagte Rasva am selben Abend, als wir wieder in der Hütte beim Abendessen saßen. »Was hast du schon alles versucht?«

»Was meinst du?« fragte ich verwundert.

»Na, in Bezug auf Jakob. Was hast du schon gemacht, um ihn zurückzubekommen?«

»Er kommt nicht zurück.« sagte ich und bekam wieder einmal feuchte Augen. Er hatte mir doch deutlich gezeigt, wie enttäuscht er von mir war und dass er nichts mehr mit mir zu tun haben wollte.

»Also nichts.« fasste Rasva zusammen. »Du hast *nichts* unternommen, stimmt's?« Sie verdrehte die Augen. »So kriegst du ihn ganz sicher nie wieder zu Gesicht.«

»Was soll ich deiner Meinung nach denn machen?«

»Ich würde damit anfangen, mich zu entschuldigen, ihn um Verzeihung bitten und sagen, dass ich ihn liebe.«

»Das weiß er doch.«

»Estelle!« rief sie und hob flehend die Hände zur niedrigen Decke unseres Ferienhauses. »Ihr Himmel, werft doch Vernunft auf dieses unglücklich verliebte Huhn, das von einer Beziehung so viel versteht wie eine Zitronenscheibe vom Caipirinha.« betete sie.

Wieder an mich gewandt stellte sie fest: »Wenn du ihm nicht schreibst, tue ich es.«

»Du kannst gar kein Schwedisch.« wandte ich ein.

»Dann schreib' ich halt auf Englisch, das versteht er auch.« Sie sprang auf und warf sich auf mein Handy, um ihre Drohung wahr zu machen. »Hab' es!« triumphierte sie in der nächsten Sekunde.

»Mein innig geliebter Jakob!« deklamierte Rasva und bewegte ihren Finger über das leuchtende Display. »Noch niemals habe ich geliebt. Doch nun hat sich die Knospe meiner Liebe geöff...«

Weiter kam sie nicht, denn mein Wurfgeschoss, ein Sofakissen, klatschte an ihren Kopf. Das Gerät glitt aus ihren Händen, plumpste auf den Boden und der Akku schoss quer durch den Raum. Vor Schreck sog ich scharf die Luft ein.

»Ooh, tut mir leid. Du bist selber schuld.« sagte Rasva in einem Atemzug.

Ich sammelte die Teile ein und setzte sie wieder zusammen. Zum Glück war das Gerät robuster Natur und ließ sich problemlos wiederbeleben.

»Oder schreib ihm ein Zitat von Shakespeare.« setzte Rasva ihre Liste an Vorschlägen fort. »Aus Romeo und Julia.«

Sie hatte recht, ich sollte meine Lethargie abschütteln und anfangen um Jakob zu kämpfen.

Später am Abend, als ich allein in seinem Bett lag, schrieb ich ihm: »Lieber Jakob! Bitte verzeih mir. Ich liebe dich. Ich vermisse dich.«

In der Folge schrieb ich ihm täglich ein bis zwei ähnlich lautende Nachrichten – er antwortete auf keine einzige – und versuchte sogar einmal, ihn anzurufen. Er nahm nicht ab.

Am nächsten Morgen hatte ich eine Mitteilung von ihm: »Hör auf, mir Nachrichten zu schicken und mich anzurufen, sonst muss ich meine Nummer wechseln.«

Sofort bekam ich ein schlechtes Gewissen, denn ich hatte am Tag zuvor ein Blumengeschäft beauftragt, ihm einen Strauß roter Rosen zur Dienststelle zu bringen. Seine Privatadresse kannte ich ja nicht.

Am Abend erhielt ich eine letzte Nachricht von ihm: »Und schick mir keine Geschenke, sonst zeige ich dich wegen Stalking an. Du tust mir weh.«

Rasva sah mich mitleidig an, als ich ihr die Nachricht übersetzte. »Weißt du was? Wir machen uns noch zwei schöne Tage, und dann fahren wir heim und du vergisst diesen bornierten Schnösel, der sich zu fein ist, zu verzeihen. Offenbar hat er kein Herz im Leib – und deswegen ist er es auch nicht wert, dass du so um ihn trauerst. Du verdienst einen, der es wirklich gut mit dir meint und sich nicht beim ersten kleinen Problem davonmacht.«

Ich gab mir Mühe, meinen Urlaub noch etwas zu genießen, um Rasva nicht zu sehr mit meinem Gejammer auf die Nerven zu gehen. Abends surfte ich aber durch Trennungswebsites und legte sogar eine Liste an, auf der ich alles notieren wollte, was mich an Jakob störte und abstieß. Als ich sie am nächsten Morgen durchsah, fand ich darauf nur Eigenschaften, die ich an ihm liebte und bewunderte. Ganz oben: »Jakob ist seinen Prinzipien treu.« Ich schmiss den blöden Wisch in meinen Koffer.

»Letzter Tagesordnungspunkt am letzten Abend vor der Abreise!« verkündete Rasva am Freitagabend und stellte einige Flaschen auf den Tisch. »Kummersaufen!«

Ich trank etwa jedes halbe Jahr ein Bier und rührte sonst keinen Alkohol an, das wusste Rasva auch. Deswegen sah ich jetzt etwas angewidert auf Wodka, Rum, Whiskey und Rotwein.

»Ok.« lenkte sie ein: »Kummersaufen für Jungfrauen.« Sie stellte Cola und Fruchtsäfte dazu. »Ich habe unseren Vermieter und ein paar Nachbarn zu einem Abschiedsumtrunk eingeladen.« klärte sie mich schließlich auf. »Kannst du mir helfen, die Bierkisten aus dem Auto zu holen?«

Es wurde eine nette Party mit trinkfesten Schweden und ein paar Touristen aus der Nachbarschaft, die sich glücklich über die Alkoholvorräte hermachten und mich an meinem Kiba schlürfen ließen. Rasva strahlte, ging ganz in der Rolle der Gastgeberin auf und unterhielt alle mit ihrer glänzenden Laune, netten kleinen Gesten und brillant erzählten Geschichten aus ihrem Leben.

Die Zeit verflog nur so und als der letzte Gast gegangen war, kippten wir für wenige Stunden in unsere Betten. Da wir einen weiten Weg vor uns hatten, klingelte uns der Wecker früh am nächsten Morgen aus den Federn. Vor dem Start mussten wir das Häuschen auf Vordermann bringen, damit es besenrein an den Nachmieter übergeben werden konnte.

»Rasva, bist du wirklich fit?« fragte ich skeptisch, als sie mir wieder einmal den Blick auf ihre Mandeln ermöglichte.

»Fit wie ein Turnschuh!« rief sie und ließ den Motor an. Trotz des Lärms hörte ich, wie sie etwas leiser »Nach dem Training.« ergänzte.

Ich überließ mich dennoch meinem unerschütterlichen Vertrauen in sie und sank in tiefen Schlaf, aus dem ich erst wieder erwachte, als der Wagen ungewöhnlich langsam fuhr.

»Was ist los? Was machen wir hi…?« Ich stockte, als ich die Grenzstation wiedererkannte und mein Herz für einen Schlag aussetzte. – Jene Grenzstation, über die wir eingereist waren, an der alles seinen Anfang genommen hatte.

»Warum hältst du an?« fragte ich perplex.

»Ich muss mich abmelden, weil ich jetzt das Land verlasse. Und das solltest du auch tun.«

»Ich geh' da nicht rein!« sagte ich entschieden und sah mich vorsichtig nach irgendwelchen Beamten um.

Rasva seufzte. »Dann gib mir deinen Ausweis mit. Und du kannst sicher sein, dass ich diesem Jakob die Leviten lesen werde, sollte ich ihn da drin treffen.«

Sie stieg mit unseren Papieren aus und verschwand im Containerkomplex. Es dauerte ewig, bis sie zurückkam.

»Was machst du da unten?« fragte sie belustigt.

Ich war in meinem Sitz auf Tauchstation gegangen, so dass man mich von außen nicht sehen konnte und ich selbst auch niemanden sah.

»Er war nicht da.« berichtete sie. »Irgendein Außeneinsatz. Und jetzt freie Fahrt voraus.« Sie ließ den Motor aufheulen und fuhr im Schritttempo auf die Öresundbrücke.

»Rasva! Gib Gas!« rief ich schließlich.

»Wollte nur mal sehen, ob du schon tot bist.«

Wir durchquerten Dänemark und übernachteten an der Nordseeküste – auf den Autositzen in unsere Schlafsäcke gewickelt, wie auf der Hinfahrt. Am nächsten Tag erreichten wir gegen Mittag die deutsche Grenze und am Abend bezog ich meine vertrauten vier Wände wieder. Rasva richtete sich ihr Lager auf dem Wohnzimmersofa ein. Sie würde erst am nächsten Morgen nach Hause reisen.

Ich hatte zum Glück noch drei freie Tage vor mir, die ich – außer mit Weinen und Selbstmitleid – mit Wäschewaschen, Telefonieren und allen möglichen kleinen Tätigkeiten zubrachte.

Der Arbeitsbeginn brachte zwar eine Erleichterung durch Ablenkung, aber in der nächsten Zeit wurde ich immer muffiger und mieser gelaunt. Ich war reizbar und ungerecht und verdiente mir bei der Arbeit einige Rüffel.

Ein paar Monate nach meiner Rückkehr besuchte ich meine Eltern, die meine Veränderung natürlich bemerkten. Sie tauschten vielsagende Blicke, während ich meinen Urlaubsflirt in groben Zügen schilderte.

»Was?!« rief ich gereizt und nahm mir noch ein Stück Kuchen, als sie sich mal wieder wortlos verständigten.

»Na, vielleicht war es mehr als ein Flirt, das denke ich.« sagte mein Vater vorsichtig.

»Ich wünsche dir, dass du einen Weg zu ihm zurück findest.« ergänzte meine Mutter. »Man sieht dir an, dass das mehr als ein bisschen Spaß im schwedischen Sommer war.«

Noch so ein Blick und ein unterdrücktes Lächeln. Hatte ich einen Anflug von Stolz gesehen? Oder machten sie sich über mich lustig? Ich war so genervt und unruhig und ungehalten, dass ich es nicht lange bei ihnen aushielt. – Obwohl der Kuchen wirklich köstlich war. Meine Mutter ließ es sich nicht nehmen, mir ein Viertel davon einzupacken.

Zwei Wochen darauf setzte ich mich wieder einmal allein zum Abendessen an meinen Küchentisch. Ich quietschte nur kurz und der Form halber mit meiner Gabel auf dem Teller herum. Jakob hatte das Geräusch gehasst und ich hatte es in seiner Gegenwart möglichst vermieden. Besonders in den ersten Wochen nach meiner Rückkehr war ich zur Virtuosin in dieser unterschätzten Form der Geräuscherzeugung geworden. – Auch wenn es schon bald keinen Spaß mehr gemacht hatte, weil niemand da war, der darauf reagierte.

Mit Heißhunger machte ich mich über mein exzellentes Gulasch her. Überhaupt hatte ich in letzter Zeit großen Appetit. In diesem Moment überschlugen sich meine Gedanken: Das viele Essen, die Übelkeit… Ich war sicher krank. Oder… War ich etwa schwanger? Ich ließ alles stehen und liegen und rannte zur nächsten Apotheke, um das Naheliegende auszuschließen.

Der Test war positiv, aber ich redete mir ein, dass auch ein Tumor Hormonschwankungen auslösen konnte, die mir fälschlicherweise als Schwangerschaft angezeigt wurden. Ich stellte mich vor den Spiegel, um meinen Bauch zu betrachten, aber er sah aus wie immer – die Sonnenbräune des Urlaubs war längst verblichen und er glänzte weiß wie ein Hefebrötchen vor dem Backen. Den Rest des Abends bedauerte ich mich selbst – sterbenskrank mit Anfang Dreißig!

Am nächsten Morgen rief ich nach einer mehr oder minder schlaflos verbrachten Nacht meine Frauenärztin an. Ich stotterte so lange wirr auf die Sprechstundenhilfe ein, bis sie mir noch für den Abend einen Termin gab.

Wie war das mit Jakob gewesen? Wir würden ja für immer und ewig zusammenbleiben, warum also an morgen denken?

»Na, dann schauen wir mal.« sagte Frau Dr. Fager müde und drückte den Ultraschallkopf in den farblosen Glibber auf meinem Bauch. Sie schob ihn ein wenig herum, und dann hörte ich das Unvermeidliche: »Da haben wir es auch schon.« Sie drehte den Bildschirm des Ultraschallgeräts in meine Richtung.

»Hier sehen Sie es. Ich gratuliere! Sie sind schon mitten im dritten Monat. Haben Sie gar nichts gemerkt? Hier kann man sehr schön das Köpfchen sehen, ich mache mal einen Ausdruck.« Sie drückte auf eine Taste und scannte dann einen anderen Teil meines Bauchs.

»Jetzt haben wir es komplett drauf. Sehr schön! Immer wieder toll, es zum ersten Mal zu sehen.« Sie klapperte erneut auf ihrer Tastatur herum.

Ich schaute auf das blauschwarze Bild. »Ich erkenne nur Wolken.« grummelte ich. »Sind Sie sicher, dass es kein Tumor ist?«

Sie blickte mich an, als hätte ich sie im Auge eines Hurrikans nach den Wetteraussichten gefragt. Sofort schämte ich mich für diese offenkundige Majestätsbeleidigung und nahm übertrieben dankbar die beiden Ultraschallfotos entgegen.

»So, Sie bekommen noch einen Mutterpass von mir. Den bringen Sie bitte zu den weiteren Voruntersuchungen mit. Wen soll ich als Vater eintragen?«

»Jakob Andersson.« antwortete ich automatisch und wurde knallrot.

Sie sah mich an. »Na, vielleicht will der stolze Vater beim nächsten Ultraschall auch dabei sein.«

Routiniert reichte sie mir die Box mit den Taschentüchern, als ich in Tränen ausbrach.

»Er lebt in Schweden. Wir haben uns gestritten, wir sind nicht mehr zusammen.« schluchzte ich erklärend.

»Vielleicht können Sie sich ja gegenseitig verzeihen.« Sie stand noch einmal auf, um mich zur Tür zu bringen. »Ich bin sicher, dass Sie die richtige Lösung finden. Alles Gute für Sie alle.«

Und dann stand ich allein vor der geschlossenen Arztpraxis auf der Straße, mit einem Mutterpass, zwei darin eingeklemmten Wolkenbildern und einem Terminkärtchen für die nächste Untersuchung.

Ich konnte es nicht begreifen. Ich sollte schwanger sein? In ungefähr sechs Monaten ein Baby in den Armen halten? *Mein* Baby? *Jakobs* Baby? Vielleicht hatte sich die Ärztin doch geirrt, sie war ja schon ziemlich müde gewesen. Vielleicht sollte ich eine Zweitmeinung einholen?

Grübelnd ging ich nach Hause und setzte mich mit einem neuen Paket Taschentücher aufs Sofa. Ich musste es Jakob sagen.

Zum hundertsten Mal betrachtete ich die Ultraschallbilder. Auf dem einen war eine Art schwarze Blase zu erkennen, auf dem anderen wimmelten weiße und schwarze Punkte, Striche und Flächen wirr durcheinander.

»Oh, was für ein wundervolles Geschöpf! Es wird sicher einmal eine Schönheitskönigin!« rief ich mit zuckersüßer

Schmeichelstimme. »Diese Grazilität, diese Feinheit der Züge!« fügte ich hinzu und kicherte albern.

Ich warf die Bilder auf den Tisch und legte die Füße hoch. Hatte ich in den letzten Wochen etwas getan, das dem Fötus geschadet haben könnte? Außer meiner miesen Laune fiel mir nichts ein. Ich hatte weder getrunken noch geraucht noch *Drogen genommen*. Puh! Das brachte mich zum Thema Jakob zurück.

Seit meinem Urlaub hatte ich nicht wieder versucht, Kontakt zu ihm aufzunehmen. Irgendwie musste er das hier aber erfahren – auch wenn ich ansonsten nichts von ihm erwarten konnte und würde. Es gab so viele alleinerziehende Mütter auf der Welt, in ihre Schar würde ich mich einreihen.

Ich fotografierte mit meinem Handy das Bild, von dem Frau Dr. Fager behauptet hatte, man könne wunderschön das ganze Zwerglein erkennen. Das Bild schickte ich mit einer kurzen Nachricht an Jakobs Nummer: »Herzlichen Glückwunsch. Ich liebe dich.« Alles andere konnte er sich ja denken. Ich drückte auf *senden,* bevor ich Zweifel bekam, auch wenn es eine ziemlich brüske Mitteilung war.

Soll er doch vor Schreck vom Dach fallen, dachte ich böse. Im nächsten Moment bereute ich diesen Gedanken und drückte Jakob die Daumen, dass er sicher – wovon auch immer – wieder herabgestiegen kam. Am besten auch von seinem hohen moralischen Ross.

Ich weiß nicht, woher ich plötzlich diese zynische Denke hatte, und mein Taschentuchverbrauch war auch enorm. Trotzdem hoffte ich mehrere Stunden so sehr auf eine Antwort von Jakob, dass ich alle paar Minuten auf mein Handy schaute.

Auch in den nächsten Tagen wartete ich noch vergeblich auf eine Reaktion von ihm, dann hörte ich auf, zu warten und zu hoffen. Ein Säugling war nun mal kein Beziehungskitt, bei mir ebenso wenig wie bei anderen.

Von meiner Diagnose erleichtert, ging ich wieder zur Arbeit. Nach und nach teilte ich meiner Umgebung meine anderen Umstände mit, allen voran natürlich meinen Eltern – und Rasva.

»Estelle, bist du verrückt?« rief sie in den Telefonhörer.

Überrascht von dieser Reaktion schwiegen wir ein paar Sekunden. Sie entschuldigte sich und beglückwünschte mich dann herzlich, erkundigte sich, wie es mir ging, wann der Geburtstermin war – und fragte schließlich vorsichtig, ob ich Kontakt zu Jakob hatte. Als ich verneinte, behauptete sie, sie würde eine Unterweltgröße in Malmö kennen, die ihr noch einen Gefallen schuldete. Die könne sie mit ein paar schweren Jungs an Jakobs Adresse schicken. Ich kicherte.

»Wenn ich seine Adresse wüsste, wäre ich auch schlauer.«

»Die lässt sich herausfinden.« meinte sie. »Soll ich mal recherchieren?«

»Kannst du das wirklich?«

»Für dich mach' ich doch alles. Schließlich bin ich an dem Desaster nicht ganz unschuldig.«

»Mach dir keine Sorgen. Aber Rasva – warum hast du das Gras nicht einfach mitgenommen? Du hast es nicht wirklich vergessen, oder?«

»Wenn du so direkt fragst – eigentlich hatte ich es für ein paar laue Sommernächte mitgenommen. Ich war auf keinem Reggaefestival und hatte auch nie vor, eins zu besuchen. Ich hab' für einen Artikel über die Pelzindustrie in Nordschweden recherchiert, vor allem über die Pelztierzucht und die extreme Tierschützerbewegung, die in Schweden zu einer Subkultur mit sektenartigen Strukturen angewachsen ist.« führte Rasva aus. »Der Artikel ist vorige Woche erschienen, deswegen kann ich jetzt darüber sprechen. Bei diesen Unternehmungen konnte ich kein Gras dabeihaben, da war das Gewürzregal schon sicherer. Hab' ja nicht geahnt, dass du so einen Schnüffler anschleppst.«

Sie schnupperte laut vernehmlich in der Luft herum, bevor sie ihren Bericht fortsetzte: »Der Artikel ist in der überregionalen Wochenzeitung erschienen, also kauf dir die letzte Ausgabe, er ist richtig gut geworden. Ich kümmer' mich um die Anschrift deines Grenzhörnchens. Und du sieh zu, dass du deinen neuen Mitbewohner glücklich in die Welt gewuppt kriegst.«

Ein paar Tage später erhielt ich eine SMS von ihr: »Noch keinen Erfolg wg. Adresse. Scheint aufwendiger zu sein, geschützte Anschrift, kein öffentl. Eintrag.«

Wochen danach – mittlerweile war mein Bauch deutlich zu sehen – kam eine weitere Nachricht: »Hab' seine letzte Adresse, aber da wohnt er nicht mehr. Was ist an diesem Wachmann so wichtig, dass niemand über ihn Auskunft gibt?«

Ich bedankte mich bei ihr und bat sie, die Suche einzustellen. Wenn Jakob nicht gefunden werden wollte oder sollte, dann musste ich es akzeptieren. Ich musste damit leben und konnte nicht immer wieder Energie auf fruchtlose Hoffnungen verschwenden.

Die Termine bei der Frauenärztin nahm ich alleine wahr und die Übungen im Geburtsvorbereitungskurs machte ich mit der Hebamme. Für die Wickelkommode ging ich mit meinen Eltern in die Babyabteilung im Möbelhaus und die Grundausstattung sammelte ich mir bei Freundinnen, deren Kinder herausgewachsen waren, und diversen Kleiderläden zusammen.

Ich hatte in meiner Wohnung, in dem Zimmer, das bisher meine Bibliothek gewesen war, eine Ecke freigeräumt.

Hier fanden all die Sachen Platz. Den Raum konnte ich vollständig zum Kinderzimmer umfunktionieren, wenn mein Nachkomme etwas größer war. – Ich wollte vor der Geburt nicht wissen, ob es ein Junge oder Mädchen war.

Je runder ich wurde, desto mehr wurde mein Kosmos zu einem Fokus, und im letzten Monat, während meines Mutterschaftsurlaubs, machte ich nichts anderes mehr, als Ratgeber zu lesen und andere werdende und junge Mütter zu treffen, um über Babys zu quatschen.

Kurz vor dem errechneten Geburtstermin konnte ich mich nicht zurückhalten, Jakob eine weitere Nachricht mit dem aktuellen Ultraschallbild zu senden. Man konnte ganz gut das Gesicht und die Hände des Kindes sehen. Seine dem Betrachter zugewandte Hand war zur Faust geballt, aus der klar und deutlich ein kleiner Mittelfinger aufragte – meinte ich zumindest. »In drei Wochen ist es soweit. Ich liebe dich.« schrieb ich.

Rasva kam ein paar Tage zu Besuch. »Zum letzten Mal für zwanzig Jahre nur wir beide«, wie sie sagte.

Wir saßen auf dem Sofa und diskutierten verschiedene Schnullertypen sowie das Pro und Kontra der schnullerlosen Erziehung, als ihr Handy wieder einmal piepte. Sie blickte kurz darauf und hatte es plötzlich eilig, aufzubrechen.

Sicher ging es mal wieder um eine ihrer Recherchen. Immerhin war der Artikel über die schwedischen Pelzfarmen und Tierschutzaktivisten »von unserer finnischen Korrespondentin Yksika Kolmeneljä«, wie die Zeitung schrieb (typisch Rasva!), wirklich gut gewesen.

»Sorry.« sagte sie, »Ich lasse gerade eine Handynummer verfolgen. Sie war monatelang nicht mehr im Netz – und hat sich vor Kurzem eingeloggt. Ich muss an meinen Rechner und… und so weiter.« Sie verabschiedete sich in aller Hast.

In der Stille meiner leeren Wohnung schaute ich mal wieder umsonst auf das Display meines Handys. Jakob hatte auch auf die letzte Nachricht vor drei Tagen nicht reagiert.

Als es kurz nach Rasvas Aufbruch an der Tür klingelte, musste ich gar nicht nachsehen, um zu wissen, dass sie etwas vergessen hatte. Ich wälzte mich vom Sofa und kämpfte mich schnaufend auf die Füße, schleppte mich zur Tür und drückte auf den Summer. Die Wohnungstür öffnete ich einen Spalt breit und schlurfte träge den Korridor zurück zum Wohnzimmer.

»Na, was hast du diesmal vergessen?« fragte ich, als ich Schritte hinter mir hörte.

Ungewöhnlich schwere Schritte und dann das Plumpsen einer schweren Tasche. Rasva reiste mit Rollkoffer.

Ich drehte mich um und bekam den Schreck meines Lebens. Vor mir stand ein von der Sonne verbrannter Hüne mit dunklem Vollbart und den schönsten Augen, in die ich je geblickt hatte. Im selben Moment kickte mich mein Nachkomme gemein in den Leib und ich hatte das Gefühl, mein gesamtes Blut sei plötzlich in die Füße geflossen. Meine Knie waren wie Pudding, ich schwankte und stotterte: »Wa-wa-was…?« Mehr brachte ich nicht raus.

Ich suchte Halt am Türrahmen, aber er glitt mir durch die Finger. Jakob war mit zwei schnellen Schritten bei mir und fing mich auf. Er kämpfte kurz mit meinem Gewicht, hob mich auf seine Arme und trug mich ins Wohnzimmer. Vorsichtig legte er mich aufs Sofa. Er setzte sich neben mich auf den Boden und nahm mit zitternden Fingern meine zitternde Hand.

Eine ganze Weile schwiegen wir. Er schaute mich nur an, und ich versuchte, durch den wirren Bart seine Gesichtszüge wiederzuerkennen. Irgendwann tauchte ich durch die klare, spiegelnde Oberfläche in seine dunklen Augen. Er beugte sich über meine Hand und küsste meinen Handrücken, küsste meine Fingerspitzen und meine Handfläche. Als seine Lippen mein Handgelenk berührten, kitzelte mich sein Bart und ich entzog es ihm.

»Verzeih mir!« bat Jakob leise und griff wieder nach meiner Hand.

»Ok.« sagte ich.

»Verzeih mir, bitte!« wiederholte er und noch ein drittes Mal kam das leise Flüstern über seine weichen Lippen.

»Habe ich schon längst.« hauchte ich ergriffen.

Mein armes Herz schickte warme Wellen durch meinen ganzen Körper. Oder war es mein Bauch? Oder die sanfte Berührung seiner rauen Hände, die er um meine geschlossen hatte? Er hob sich auf die Knie und beugte sich über mich, dieser große, wunderbare, starke, sture Kerl, er umfasste meine Schultern. – Und hielt inne.

»Eben hattest du etwas Farbe bekommen. Jetzt bist du schon wieder weißer geworden. Soll ich dir irgendeinen… Schwangerschaftstee kochen?«

»Oh je, verschone mich damit!« bat ich. »Davon wird mir nur übel.«

Er überhörte meine unromantische Bemerkung.

»Ich liebe dich!« sagte er sanft. »Ich habe dich vom ersten Moment an geliebt und nie damit aufgehört.« Seine Stimme wurde eine Nuance düsterer als er fortfuhr: »Damals in eurem Ferienhäuschen war ich so enttäuscht, ich habe mich hintergangen und betrogen gefühlt. Das hat sehr weh getan. Aber ich hätte bei dir bleiben und dir beistehen müssen. Jetzt musstest du alles ganz allein schaffen, die ganze Vorbereitung… Und das tut mir leid.«

Warum bat mich dieser wundervolle Mann um Entschuldigung, warum erklärte er sich mir? Ich hatte keinen Groll gegen ihn, nichts zu verzeihen.

»Es war so traurig, plötzlich ohne dich dazustehen.«, gab ich zu. »Aber ich habe dich sogar verstanden. Du hast deine Prinzipien. – Die Sache mit dem Gras…«, fuhr ich hastig fort, »ich habe eine Geldstrafe bekommen, die ist längst bezahlt. Rasva muss Sozialstunden leisten und eine ganze Menge mehr berappen.«

Jakob schnaubte unwillig, als ich ihren Namen nannte.

»Sie war für mich da und hat sich vollheulen lassen, als ich zu nichts mehr zu gebrauchen war.« brauste ich auf.

»Ok.« sagte er besänftigend.

»Ich liebe dich.« sagte ich.

»Ich liebe dich.« erwiderte er.

»Ok.« schloss ich.

Oh, ewiger Ruhm in der Welt literarischer Meisterdialoge!

»Sie dürfen die dicke Frau jetzt küssen.« fügte ich hinzu.

Ich zeigte ihm meine Wohnung: die Küche, das Schlafzimmer, die Möbel und Anschaffungen für den Nachwuchs.

»Für *unser* Baby.« flüsterte ich und brach mal wieder in Tränen aus. Diesmal geschah es vor Glück, denn ich hatte nie zuvor gewagt, diese drei Worte auch nur zu denken. Jetzt hatte ich seine starken Arme, die mich geborgen hielten.

Jakob sah sich alles aufmerksam an, aber ich merkte, dass er unzufrieden war. In der Euphorie des Wiedersehens fragte ich nicht nach den Gründen.

In den nächsten Wochen lebte er bei mir und wir machten so eine Art Beziehungs-Crashkurs, mit allen Höhen und Tiefen, die andere Paare auf ein halbes Jahr verteilten. Ich weiß nicht warum, aber dieser Mann setzte Temperamente in mir frei, die ich selbst an mir zuvor nicht gekannt hatte.

Als ich ihn ein paar Tage nach seiner Rückkehr fragte, wo er das letzte halbe Jahr gewesen war, antwortete er: »Auf den Philippinen, zu einer Weiterbildung.«

»Ohne dein Handy?«

»Ohne mein Handy.« bestätigte er. »Ich habe es erst vor fünf Tagen wieder eingeschaltet – und deine Nachrichten gelesen. Erst dachte ich, ich krieg' einen Schock, aber dann habe ich mich gefreut. Es war wie ein Zeichen, dass wir zusammengehören. Ich habe sofort meine Tasche gepackt und bin losgefahren.«

»Woher weißt du überhaupt, wo ich wohne?«

»Als ihr Schweden verlassen habt, hat Rasva mir eine Kopie von deinem Ausweis auf den Schreibtisch gelegt. Auf den weißen Rand hatte sie gekritzelt: »Wenn du nur einen Funken Anstand im Leib hast, kommst du zu ihr.« Hatte ich aber nicht. Vier Wochen später bin ich zu meiner Fortbildung aufgebrochen.«

»Und warum auf den Philippinen?«

»Das hatte viele Gründe. Wegen des Dschungels, wegen der extremen Wetterbedingungen, weil die Insel ab vom Schuss liegt.«

»Was für eine Weiterbildung war das denn?« fragte ich.

Er zuckte die Achseln und blickte zur Seite. »Taucher.« meinte er, um einen beiläufigen Tonfall bemüht.

»Taucher? Im Dschungel?« Das glaubte er doch selber nicht.

»Wir haben trainiert, nicht nur das Tauchen. Es ging viel um Ausdauer, Härte, Cleverness, Zusammenhalt in der Gruppe.« Er riss sich zusammen und schaute mich wieder an. »Um ehrlich zu sein, habe ich mit Anwärtern für die Kampftaucher-Ausbildung trainiert.«

»Du hast eine Ausbildung zum Kampftaucher gemacht?« fragte ich entsetzt.

»Nein,« wehrte er ab, »nur mit ihnen trainiert. War eine einmalige Sache und so ungefähr die härteste Weiterbildung, die ich erlebt habe. Aber ich habe jetzt mein Zeugnis als Polizeitaucher.« Stolz zeigte er mir ein Foto davon.

»Ich habe viele deutsche Soldaten kennengelernt. Sie haben mir ein paar Wörter Deutsch beigebracht.« Er ließ eines davon hören.

»Na, das vergisst du besser ganz schnell wieder.«

Vorsichtig brachte er noch zwei, drei weitere an. Ich schüttelte den Kopf. »Vergiss alle.« riet ich.

»Schade.« meinte er und grinste.

Ich boxte ihn freundlich gegen die Schulter und ging in die Küche.

»Und du? Was hast du gemacht außer arbeiten? Hast du noch jemanden... kennengelernt, nachdem wir uns..., nachdem ich abgedampft war?« fragte er zögerlich.

Ich schloss gerade die Kühlschranktür.

»Kennengelernt?« echote ich. »Was meinst du?«

»Naja.« druckste er und sah auf meinen Bauch.

Ich weiß nicht, ob er es absichtlich tat oder aus reiner Verlegenheit, weil ich ihn bei Eifersucht ertappte, aber das spielte in dem Moment auch keine Rolle.

»Wie bitte?«

Wut explodierte in mir. Ohne nachzudenken griff ich mir einen Apfel aus dem Obstkorb und schleuderte ihn in Jakobs Richtung. Er verfehlte ihn, krachte zwei Meter neben ihm an die Wohnzimmerwand und hinterließ einen feuchten Matschfleck. Die Apfelteile regneten zu Boden.

»Dass du es wagst!« schrie ich völlig außer mir und griff nach einem Teller. »Das hängst du mir nicht an! Das machst du nicht!«

Der Teller zerplatzte einen Meter vor Jakob auf dem Boden. Er war vom Sofa aufgestanden.

»Estelle!« sagte er bittend, aber ich war so in Rage, dass ich mich bereits nach einem neuen Wurfgeschoss umsah.

Den Messerblock ließ ich stehen, aber ein leerer Blumentopf lag gut in meiner Hand.

»Kennengelernt? Ich habe viele Leute kennengelernt! Frauenärzte! Schwangere Frauen! Werdende Väter! Krankenschwestern! Hebammen!« tobte ich.

»Reg dich nicht so auf, sonst kommt das Kind.« antwortete er in beschwichtigendem Ton.

»Welches Kind?« fragte ich perplex und lauschte auf Schritte im Flur. Er zeigte auf meinen Bauch.

»*Das* Kind?« kreischte ich: »*Das* Kind!?«

Ich ließ den Blumentopf durch die Luft segeln und traf Jakob am Oberarm.

»Aua.« machte er, was so niedlich klang, dass sich mein Zorn allmählich in Luft auflöste.

In der einen Hand hielt ich noch die saure Gurke, die ich mir zuvor aus dem Glas im Kühlschrank geholt hatte. Ein wohlgezielter Wurf – und Jakob fing sie mit einer lässigen Bewegung auf. Er stopfte sie sich in den Mund. Dann kam er auf mich zu, nahm mich in den Arm und wischte an meinen Wangen herum, über die wieder einmal Tränen liefen.

»Du bist blöd.« schluchzte ich.

»Ja, du hast recht. Es tut mir leid. Verzeih mir! Ich bin ein blöder Esel.« nuschelte er mit vollem Mund.

»Ja, genau.«

»Aber die Gurke war lecker. Hast du noch eine?«

»Ich habe unserem Nachwuchs etwas Tolles mitgebracht.« sagte er tags darauf und zog ein großes, ferngesteuertes Auto aus seiner Reisetasche.

»Oh, super!« rief ich. »Ist es schon geladen?«

»Ja, und der Akku hält dreißig Minuten.« schwärmte er, setzte es auf den Boden und begann das ganze Wohnzimmer abzufahren.

»Und das Coole ist, dass es sich wieder aufrichten kann, selbst wenn es auf die Seite fällt. So zum Beispiel…«

Er lenkte es in voller Fahrt über meine Hausschuhe, die vor dem Sofa standen. Es zischte darüber, ruckelte, überschlug sich, landete auf der Seite, zwei Räder drehten sich in der Luft, dann neigte es sich und sank auf alle Viere zurück.

»Toll! Darf ich auch mal?« fragte ich fasziniert.

»Ja, gleich!« sagte er: »Ich zeige dir noch, wie es wendet, wenn der Platz nicht ausreicht, eine Kurve zu fahren. Guck mal, hier neben dem Sofa…«

Er ließ das Auto bis zur Wand fahren und gab weiter Gas, woraufhin es sich mit den Vorderrädern die Wand hinaufschob, überschlug und aus der Ecke herausgefahren kam.

»Allerdings sieht es andersrum schöner aus.« behauptete er und stoppte den Flitzer vor unseren Füßen.

Er drehte die Seite mit den rotgelb gezackten Flammen wieder nach oben und drückte mir die Fernbedienung in die Hand. Begeistert ließ ich das Spielzeug durchs Zimmer sausen und gegen Wände und Möbel krachen.

»Versuch mal, schneller auszuweichen, der Zeitpunkt ist bei dir schon richtig, du musst nur stärker einschlagen.« sagte Jakob belehrend, nachdem ich mal wieder den Sofafuß zu einem Vollcrash verwendet hatte.

»Glaubst du, er wird sich darüber freuen?« fragte Jakob.

»Wer?« gab ich zurück, mit hektischen Slalommanövern um die Sesselfüße beschäftigt.

»Unser Nachwuchs.«

»Sicher!« meinte ich »Wenn die Karre bis dahin nicht kaputt ist.«

»Wieso?« fragte er verwundert.

»Weil er mindestens vier Jahre alt sein muss, bis er überhaupt damit spielen kann.«

»Ach so.« Jakob guckte etwas enttäuscht aus der Wäsche.

»Aber mir macht es großen Spaß!« beteuerte ich und lächelte ihn an.

Wir gingen noch einmal Babysachen einkaufen, weil Jakob sich das wünschte.

»Woher soll man denn wissen, wie groß das Baby ist?« fragte er mit Stramplern in drei verschiedenen Größen in der Hand.

Ich zuckte die Schultern. »Das weiß man nicht. Am besten geht man nach der Geburt einkaufen.«

Schließlich entschied er sich für einen zweiteiligen Schlafanzug mit einem Trecker drauf, von dem bereits ein Exemplar gewaschen in der Kommode zuhause wartete. Er hatte so lange gesucht, dass ich es nicht übers Herz brachte, ihm das zu sagen.

Wir fanden noch ein paar Kleinigkeiten und Jakob belud den restlichen freien Platz im Einkaufswagen mit Maxi-Windelboxen.

Ein andermal standen wir zusammen in der Küche. Jakob kochte Gemüsesuppe und ich hatte ihm beim Schnippeln geholfen.

»Nun noch die richtige Würzung.« schwafelte er im Fernsehkochstil.

Da er um einiges größer war als ich, konnte er mein Gewürzbrett neben dem Herd ganz gut überblicken. Ich brauchte inzwischen einen Tritt, um heranzukommen, weil ich mich mit dem Bauch nicht mehr richtig strecken konnte. Seit längerem hatte ich nur noch Salz, Pfeffer und Rosmarin verwendet, die ganz vorne standen. Er schaute auf das Brett und zögerte.

»Ich habe gerade ein Déjà-vu.« sagte er langsam, griff dann doch zu und zog eine Papiertüte zwischen den Kräutern hervor.

Er hielt sie unschlüssig in der Hand und starrte sie an. Mir rutschte das Herz in die Hose. Ich raufte mir die Haare.

»Nein, Rasva! Nein, nein!!« wiederholte ich entsetzt.

Ich wich rückwärts zur Tür zurück. Vor meinem inneren Auge liefen die Bilder wieder ab: Jakob mit der Reisetasche in der Hand, wie er mich verließ – nur dass es diesmal nicht im Ferienhäuschen in Schweden geschah, sondern in meiner Dreizimmerwohnung. Noch einmal könnte ich es nicht ertragen.

Jakob gab sich einen Ruck und wickelte die Papiertüte auf. »Viele Grüße von Rasva.« las er das Kuligekritzel auf der Außenseite. Er öffnete den Beutel und sah hinein. Schnüffelte. Dann hielt er ihn mir unter die Nase. Ich sog die Luft ein.

»Thymian!« seufzte ich erleichtert.

»Thymian.« bestätigte er tonlos.

»Die 'errlischä Gemüsäsuppä gewient iehr köstlisches Aromah dursch einen kräftigeh Priseh Thymian.« witzelte er und streute eine ordentliche Portion des Krauts in die Suppe.

»Ich werd' noch verrückt mit euch.« seufzte ich kraftlos.

Er schloss den Topfdeckel und schob mich fürsorglich auf einen Stuhl.

»Schokolade?« fragte er.

»Unbedingt!«

Die Zeit tröpfelte so dahin.

»Wann kommt unser Baby?« fragte Jakob zwei Tage nach dem errechneten Geburtstermin.

»Wenn es fertig ist.« sagte ich genervt.

Er hatte diese Frage in den letzten 48 Stunden etwa fünfmal gestellt und ging mir auf die Nerven mit seinem »Wann hat sich das Kleine zuletzt bewegt? Wo *genau* ist deine Tasche fürs Krankenhaus? Brauchen wir noch etwas für unseren Nachwuchs?« und hundert anderen unnützen Fragen.

»Was macht es denn solange?« fragte er weiter.

Ich schnaubte. »Woher soll ich denn das wissen? Vielleicht häkelt es Topflappen. Oder es schreibt sich selbst eine Geburtstagskarte.«

Jakob stapfte bereits beleidigt ins Schlafzimmer. Ich stand auf und folgte ihm.

»Vielleicht will es nur kurz noch 'was in den sozialen Medien posten. Oder warte – ich glaube, es hat sich an der Fernuni Hagen eingeschrieben und studiert jetzt Quantenphysik.«

Jakob versuchte, zurück ins Wohnzimmer zu fliehen, aber ich trabte hinter ihm her. Ich holte tief Luft. »Vielleicht…« setzte ich neu an, aber Jakob fiel mir ins Wort.

»Also Estelle, manchmal bist du wirklich albern.« sagte er in sehr erwachsenem Ton von oben herab.

Albern? *Ich* hatte mehrere Nächte nicht mehr durchschlafen können, weil *er* auf meinem Bauch herumgetastet und mich so geweckt hatte.

»Wenn du mich heute Nacht noch mal betatschst, schläfst du auf dem Sofa!« zischte ich.

Er lief unter seiner Sonnenbräune knallrot an.

»Ich wollte nur wissen, ob es sich bewegt.«

Meine Attacke tat mir schon wieder leid. »Ich sage dir sofort, wenn etwas nicht stimmt oder wir etwas brauchen, ok? Nur bitte – lass mich schlafen.«

Ich zog ihn an mich und küsste ihn, als er so gnädig war, sein Haupt herabzubeugen.

Kurze Zeit später fragte Jakob, ob es für mich in Ordnung sei, wenn er zum Fußballspielen gehe. Er traf fast immer ein paar Leute auf dem Platz, denen er sich anschließen konnte.

»Ich nehme mein Handy mit. Lass es mich sofort wissen, wenn etwas ist, ok?«

Ich versprach es ihm. Eine Stunde später rief ich ihn an – bei dem Gedanken, wie er zu seinem Handy hetzte, unterdrückte ich ein Kichern.

»Was ist los?« fragte er aufgeregt.

»Kannst du auf dem Rückweg Chips mitbringen?« bat ich.

Er schnaufte. »Aber gerne, Schatz.«

Eine Woche nach dem errechneten Geburtstermin hatte ich mein erstes ernstes Gespräch mit unserem Kind.

»Mein liebes Zwerglein,« sagte ich zu ihm, »wir erwarten dich ganz ungeduldig. Wir möchten dich endlich in unseren Armen halten und in deine Äuglein sehen. Bitte komm doch zu uns!«

In der Nacht wachte ich auf, weil das Bett nass war. Leise stand ich auf, um zu duschen und mich anzuziehen. Dann setzte ich mich an den Küchentisch und las die Zeitung vom Vortag.

War es gemein, Jakob schlafen zu lassen? Ich spürte, dass es noch nicht losging und wollte ihn nicht nervös um mich herumwuseln haben. Leider wurde er bald von selbst wach.

»Estelle?« hörte ich ihn rufen.

»Ich bin in der Küche.«

Er kam herüber.

»Warum ist das Bett nass? Ich bin auch ganz nass, als hätte ich in die Hose gepi… Warum sitzt du hier? Ist alles in Ordnung? Oh Gott, war das die Fruchtblase? Wir müssen ins Krankenhaus, wie kannst du hier sitzen?!«

Genau das hatte ich gemeint.

»Lieber Jakob.« sprach ich zu ihm. »Wir haben noch Zeit. Da passiert erst einmal gar nichts. Du kannst in Ruhe duschen, dich anziehen und einen Kaffee trinken. Wir hatten doch darüber gesprochen, dass ich nicht ewig im Krankenhaus herumhocken will.«

»Aber es kann jederzeit kommen.«

»Es kann, aber es will noch nicht.«

»Woher willst du denn das wissen…« meckerte er, bewegte sich aber unter die Dusche.

Nach drei Minuten war er fertig und kam zu mir zurück.

»Wie geht es?« fragte er.

»Gut, dein Kaffee ist fertig.«

»Dann ziehe ich mich jetzt an.«

Er war so rührend. »Oh Gott, Jakob!« sagte ich.

»Was ist?« Er kam zurück und legte eine Hand auf meinen Bauch.

»Du bist so süß! Ich liebe dich!«

»Ich liebe dich auch, du verrückte Henne.«

Er zog sich an und schlürfte seinen Kaffee im Stehen, wobei er mich nicht aus den Augen ließ. Seinem Blick nach zu urteilen überlegte er, ob ich noch ganz zurechnungsfähig war.

»Wir sollten das Bett auseinander nehmen, damit es trocknen kann.« meinte ich schließlich und klappte die Zeitung zu. Er seufzte.

»Sonst noch etwas?« fragte er, als wir damit fertig waren.

»Ich brauche mein Buch und dann können wir los.«

»Dein Buch, sehr wohl. Dieses hier?« Er hielt *Das erste Jahr* hoch.

»Nein, das mit dem blauen Rücken.«

»Etwa das?« fragte er entsetzt und hielt ein anderes in der Hand. Auf dem Einband war ein Pärchen zu sehen, das sich unter blühenden Kirschbäumen verliebt in die Augen blickte.

»Genau das.«

In letzter Zeit verdrehte er so oft die Augen, dass ich ihn kaum noch gerade anschauen konnte.

Als unsere Tochter Lisa drei Monate alt war, zog ich mit ihr nach Schweden um. Jakob besaß ein kleines Haus, etwa anderthalb Autostunden von seinem Arbeitsplatz entfernt. Es hatte sich als funktionale Junggesellenbude herausgestellt, aber mit der Zeit verwandelten wir es in ein schmuckes Zuhause.

Ich war glücklich, dass ich schnell Kontakt zu anderen jungen Eltern fand und ein paar von Jakobs Freunden kennenlernte. Sie kamen ab und zu zum Essen und übernachteten in den Zimmern, die wir nicht brauchten. Die meisten von ihnen waren Kollegen oder ehemalige Kollegen von Jakob, kräftige Gestalten wie er selbst, aber freundlich und nett im Umgang, besonders mit unserer Tochter, die sie gar nicht genug bewundern konnten.

Einer davon war Anders Lorens. Er war schon öfter bei uns gewesen, hatte sogar ein paarmal beim Möbeltragen geholfen, wenn ein weiteres Zimmer mit der Renovierung dran war. Ich kannte ihn also ganz gut, als er eines Nachmittags bei uns klingelte.

»Jakob ist noch nicht zurück, aber du kannst gern hier auf ihn warten. Er müsste bald…« Erst jetzt fiel mir Anders ernstes Gesicht auf. »Was ist?« fragte ich.

Er hob beschwichtigend die Hände. »Reg dich nicht auf, aber es ist etwas mit Jakob. Er ist verletzt. Mach dir nicht zu große Sorgen. Er musste ins Krankenhaus und hat mich gebeten, dich zu holen. Kannst du ihm ein paar Sachen zusammenpacken?«

Ich hatte gewusst, dass dies passieren konnte, denn es gehörte zu Jakobs Beruf dazu, mit einem Risiko zu leben. Aber in diesem Moment bekam ich einen riesigen Schreck. Hastig suchte ich einige Kleidungsstücke, seine Zahnbürste und das Rasierzeug zusammen, packte den Babyrucksack und steckte Lisa in die Babyschale.

»Was ist passiert?« fragte ich, als ich die Kleine auf dem Rücksitz und Anders alles andere im Kofferraum verstaut hatte. »Ist er gestürzt? Ein Autounfall? Hat ihn jemand angegriffen?«

»Am besten erzählt er es dir selbst.«

»Wie schlimm ist es? Was hat er?«

»Das war noch nicht klar, als ich los bin. Er wurde noch untersucht.«

Ich wählte Jakobs Nummer, aber es meldete sich direkt seine Mailbox.

Endlich erreichten wir das Krankenhaus und fragten uns zu Jakob durch. Er saß mit einem Verband an der Schulter im Bett und grinste schief.

»Wie geht es dir?« fragte ich etwas kurzatmig wegen der Aufregung.

»Jetzt gut, weil du bei mir bist.« Er hatte ein Schmerzmittel bekommen.

»Was ist passiert?«

Er guckte leicht verlegen aus der Wäsche. »Um ehrlich zu sein… aber nicht lachen! Es ist etwas peinlich.«

»Jakob! Ich muss keine Heldengeschichten hören.«

»Ein junger Kollege hat seine Waffe geladen – und dabei die Sicherheitsvorschriften nicht beachtet. Ein Schuss hat sich gelöst und mich in die Schulter getroffen. Genau hier.« Er zeigte auf eine Stelle über seiner rechten Brust.

»Dann hat er Panik bekommen und angefangen zu randalieren. Beim Versuch, ihn zu… beruhigen, hat er mir auch noch die Schulter ausgekugelt. Ich hatte nicht mehr so viel Kraft im rechten Arm.«

»Und was ist mit ihm?«

»Er liegt mit ein paar gebrochenen Rippen und einem Knalltrauma im Zimmer nebenan. Seine Karriere bei uns ist beendet.«

»Ich gebe ihm ein paar auf die Mütze, bevor ich gehe.« sagte ich liebevoll zu Jakob und strich ihm über die stoppelige Wange.

»Ah, Estelle!« rief er.

»Was ist?« fragte ich besorgt.

»Du bist so süß, wenn du dir Sorgen machst.«

»Und du hattest mir versprochen, dass du ein vollkommen langweiliger Mensch bist.« entgegnete ich. »Davon merke ich nicht viel.«

»Nur privat.« wiegelte er ab. »Beruflich sieht das anders aus.« Vom Schmerzmittel beschwingt fügte er hinzu: »Beruflich bin ich ein Held.«

»Ja, mein Held. Wie lange musst du hierbleiben?«

Jakob verbrachte zwei Tage im Krankenhaus und war ein paar Wochen krankgeschrieben. Anschließend durfte er eine Zeit lang Innendienst leisten.

Langsam beruhigte ich mich und ging wieder zum Alltag über. Es war ja nichts Schlimmes passiert. Doch wie leicht hätte der Schuss ganz anders enden können! Nur eine winzige Bewegung, eine kleine Veränderung des Schusswinkels und mit Jakob wäre es vorbei gewesen. – Wegen einer dummen Unachtsamkeit. Aber was konnte ich tun? Das war sein Leben, ich hatte es von Anfang an gewusst und ich hatte ihn gewollt. Jetzt musste ich mit dem Gedanken leben, dass eines Tages auch eine richtige Hiobsbotschaft kommen konnte.

Jakob war gerade wieder eine Woche in den normalen Schichtdienst eingeteilt, als sich die Szene zu wiederholen schien. Am Vormittag klingelte es an unserer Haustür und Anders stand mit Håkon, einem weiteren Freund aus Jakobs Clique, vor unserem Haus. Sie sahen bleich aus und sahen mich verzagt und mitleidig an.

»Nein!« rief ich. »Nicht schon wieder! Habt ihr noch mehr so irre Kollegen? Laufen die bei euch frei herum?« Ich machte Lärm, weil ich spürte, dass etwas ganz und gar nicht in Ordnung war.

»Diesmal ist es anders.« meinte Håkon.

Ich erstarrte. »Wie anders?«

»Komm einfach mit.« sagte er kurz.

»Ich packe nur…«

»Du brauchst nichts zu packen.«

»Nichts zu…?«

Ich bekam es mit der Angst zu tun. Ich rannte ins Kinderzimmer, hob Lisa aus ihrem Bettchen, in dem sie gerade sanft schlummerte, und legte sie in die Babyschale.

»Du wirst niemals Polizistin, nicht wahr, Lisa?« flüsterte ich, um mich selbst zu beruhigen.

»Niemals, Mami.« piepste ich, mir selbst antwortend.

»Schwöre es.«

Ich nahm ihre kleine Hand, führte sie zu ihrem Herzen und hob sie dann mit zwei ausgestreckten Fingern über ihr süßes Köpfchen. »Ich schwöre, Mami!« fiepte ich wieder.

Aus verschlafenen Äuglein schaute sie mich einen Moment erstaunt an. Im nächsten Augenblick schloss sie sie schon wieder und schlief ein. Was machte ich eigentlich? Noch einen Moment heile Welt spielen, bevor alles zusammenbrach?

Wir stiegen ins Auto und Anders fuhr los.

»Wir haben diesen Sprinter gestoppt.« begann er mit komischer Stimme zu erzählen. Er klang, als müsse er die Tränen zurückhalten. »Wir hatten den Verdacht, dass darin Flüchtlinge illegal ins Land gebracht werden sollten.«

»Der Fahrer hat plötzlich Gas gegeben und ist abgehauen.« setzte Håkon den Bericht fort. »Wir haben ihn verfolgt. – Bis ganz in die Nähe von hier.«

Warum sprach er so langsam, warum waren sie so bleich? Angst legte sich wie ein kaltes Band um mein Herz und verschleierte meine Sinne.

»Der Fahrer hat den Sprinter auf einen Feldweg gefahren, um ihn zu verstecken.«

»Wir konnten ihm aber folgen.« übernahm Anders wieder das Wort.

»Wir hätten ihn einfach fahren lassen sollen.« warf Håkon traurig ein.

»Ja, dieses eine Mal hätten wir ihn entkommen lassen sollen.«

»Was *ist* mit Jakob?« krächzte ich. Tränen stiegen in mir auf. Das konnte nicht sein, nicht so kurz nach Lisas Geburt, sie war noch so klein.

Draußen glitt verschwommen die Landschaft vorüber. Ich hätte nicht sagen können, ob ich mich noch auskannte oder nicht.

»Es ist einfach zu heftig.« sagte Anders. »Der Anblick…« Seine Stimme brach.

»Es ist für immer, Mann!« sagte Håkon bewegt und legte Anders eine Hand auf die Schulter.

Wir holperten einen Feldweg entlang.

»Für immer.« bestätigte Anders flüsternd. Er hatte sich die Unterlippe aufgebissen.

»Er war ein richtiger, ein guter Freund, das werde ich ihm nie vergessen.« fügte Håkon würdevoll hinzu.

»Der beste.« flüsterte Anders.

Ich erinnerte mich an den Abschied von Jakob heute Morgen. Es war kurz nach vier gewesen, nur ein flüchtiger Kuss, bevor er das Haus verließ. Ich war gar nicht richtig wach geworden, wie immer, wenn er Frühschicht hatte und Lisa mich die Nacht auf Trab gehalten hatte. Das sollte das letzte Mal gewesen sein, dass ich seine warmen Lippen auf mir spürte? Die letzte Chance, in seine tiefen, dunklen Augen zu sehen und ich hatte sie nicht genutzt? Ich fröstelte.

Anders bog auf eine Weide ab und hielt den Wagen an. Ein paar Meter weiter oben stand ein weißer Sprinter quer.

»Wo ist er?« hörte ich mich fragen.

Die beiden Männer zeigten auf den Transporter. »Er ist da oben.« sagte Håkon. Anders beugte sich vor und verbarg sein Gesicht in der Handfläche.

Ich stieg aus und nahm Lisa vom Rücksitz. Mir war so kalt! Jeder Schritt tat weh. Ich kämpfte mich die Anhöhe bis zum Lieferwagen hinauf und dann um ihn herum. Hier stand Jakob, mit dem Rücken an den Wagen gelehnt: aufrecht, ernst und sehr bleich. Was war nur los? Er trug weder eine Uniform noch seine gewöhnliche Kleidung, sondern einen feinen schwarzen Anzug, den ich noch nie an ihm gesehen hatte. Verwirrt stellte ich Lisa in ihrer Babyschale ins Gras.

Jakob trat mir entgegen und zog mich an sich. Er beugte sich herab, um mich zu küssen, doch ich wehrte mich. Ich kämpfte mich frei, boxte ihn sogar, als er nicht sofort loslassen wollte. Was spielte er mit mir? Wieder umschlang Jakob mich mit seinen Armen.

»Es ist ja alles gut, alles ist gut. Verzeih mir, bitte. Entschuldige.« Er hielt mich fest und warm und sicher, bis ich mich beruhigt hatte. Dann öffnete er seine Arme, sank auf ein Knie und griff nach meiner Hand.

»Geliebte Estelle!« sagte er mit seiner sanftesten Stimme. »Bitte verzeih mir den makaberen Scherz. Verzeihst du mir?«

Ich nickte, noch immer unfähig, ein Wort zu sprechen. Er beugte auch das andere Knie und blickte zu mir auf, seine Hände lagen in meinen.

»Estelle, die vergangenen Monate haben mir deutlich gemacht, was ich von Anfang an wusste: Dass ich mein Leben mit dir verbringen möchte. Ich will immer an deiner Seite sein und dich immer an meiner Seite wissen. Ich will, dass du für den Fall der Fälle, wenn mir einmal etwas zustoßen sollte, abgesichert bist. Und um das alles auch nach außen deutlich zu machen, frage ich dich jetzt: Estelle, möchtest du mich heiraten?«

Ich sah ihn an, diesen verrückten Krieger, der mein Herz erobert und es gerade fast zerbrochen hatte, um es nun in Honig zu tauchen. Gab es auf diese Frage eine andere Antwort als…

»Ja!« rief ich laut.

Er zog eine kleine Schachtel aus der Hosentasche, öffnete sie und schob mir langsam und feierlich einen Ring auf den Finger.

»Gefällt er dir?« fragte er.

Ich sah ihm in die Augen. »Er ist wundervoll.« wisperte ich ergriffen.

»Ich meine den Ring.«

»Ich meine dich.«

Er zog mich zu sich herab und küsste mich.

»Versprichst du mir noch etwas?« fragte ich, als ich wieder zu Atem kam.

Er sah mich fragend an.

»Mach sowas bitte nie wieder mit mir.«

»Nie wieder, versprochen.« Er lachte und zog mich im Aufstehen auf die Füße.

Als ein Schatten auf uns fiel, wandte ich mich um. Ein riesiger, knallbunter Heißluftballon erhob sich über uns. Die Gondel stand wartend am Fuße des Hügels.

»Traust du dich?« fragte er, hob Lisa vom Boden auf und gab ihr einen Kuss.

Hand in Hand gingen wir auf den Ballon zu.

»Mit dir immer.«

Er lächelte mich an, ein Blick bis ins Herz, die Augen so tief wie ein Waldsee.

Schließ meinen Himmel auf

Spät am Abend klingelte es an der Tür. Überrascht sah Silja von ihrer Grammatik auf. Wer konnte das um diese Uhrzeit noch sein? Sie ließ das Kapitel über die Rektion der Verben aufgeklappt auf dem Tisch liegen und schlüpfte in ihren Morgenmantel.

Wie gewöhnlich hatte sie den Abend mit der Vorbereitung ihres Unterrichts verbracht. Ihre unternehmungslustige Zeit war schon lange vorbei, und so wild waren diese Jahre auch nicht gewesen. Sie war schon immer eher der Typ gewesen, der auf Konzerte oder Ü30-Partys, zu Jazzabenden und ins Theater ging.

Silja Adelung war 36, ledig, kinderlos und seit vielen Jahren Vollblutlehrerin. Sie unterrichtete Deutsch für Studenten und andere Erwachsene aus dem Ausland. Zu ihren größten Leidenschaften gehörte es, Übungen zu erfinden: Grammatik- und Ausspracheтrainings, Hörverstehensaufgaben und Sprechanlässe für die praktische Sprachanwendung. Sie liebte es geradezu, kunstvolle Materialien für den Unterricht zu erstellen. Drucker, Papier und Schere waren ihre Welt. Und natürlich ihre erwachsenen Schüler.

Es machte Silja glücklich, einen Fortschritt in den Sprachfertigkeiten ihrer Studenten zu sehen. Verwendete ihre Gruppe frisch erworbene Wörter oder neu gelernte Grammatik in der Diskussion, mit der sie regelmäßig den Lerntag abschloss, fühlte sie sich erfüllt und erfolgreich.

Silja drückte auf den Summer für die Haustür. Als sie die Wohnungstür öffnete, sah sie in die fremden Gesichter zweier älterer Herren. Der eine war offenkundig ein Pastor, der andere uniformlos. Er stellte sich mit einem starken französischen Akzent als Polizist vor.

Verwirrt blickte sie vom einen zum anderen. Ein Geistlicher und ein Polizist? Das konnte nichts Gutes bedeuten. War jemand aus ihrer Familie gestorben? Verunglückt?

»Dürften wir kurz hereinkommen?« fragte der Geistliche höflich und mit ernster Trauerstimme, die sie Schlimmes ahnen ließ.

Noch im Eintreten begann er zu erklären: »Wirklich nur ganz kurz, denn es eilt sehr. Wir müssen Sie bitten, uns zu begleiten. Einer Ihrer Schüler steht in suizidaler Absicht auf einem Dach. Er droht, sich hinunter zu stürzen. Sie sind die einzige, mit der er zu sprechen bereit ist. Sie müssen mit ihm reden. Bitte ziehen Sie sich etwas über.«

Silja blieb verdattert stehen. »Vom Dach?« wiederholte sie stumpf.

Der Polizist erneuerte nachdrücklicher die Aufforderung, sich umzuziehen und mitzukommen. In aller Hast kleidete Silja sich an und warf Handy, Portemonnaie und Schlüssel in ihre Handtasche. Dann folgte sie den beiden aus dem Haus.

Die kleine Gruppe stieg in den am Straßenrand geparkten PKW, und es begann eine eilige Fahrt nach Süden. In Gedanken ging Silja alle Schüler aus ihren Deutschkursen durch. Wer von ihnen würde sich von einem Haus stürzen? Wer fühlte sich ihr so verbunden, dass er sie in diesem Moment sprechen wollte?

Plötzlich fiel Silja auf, dass sie die Stadt verließen. »Wohin fahren wir?« fragte sie überrascht den Pastor, der neben ihr Platz genommen hatte.

Er gab den Namen einer Kleinstadt in Frankreich an, die in Grenznähe lag.

»Ferdinand Sommerlich.« nannte er schließlich den Namen des Schülers.

Ferdinand? Richtig, einer der Musikstudenten, die sie einmal die Woche unterrichtete. Jeden Donnerstagvormittag traf Silja die Gruppe in einem kleinen Überaum, der zu einem Drittel von einem gewaltigen Flügel ausgefüllt wurde. Wenn die Studenten ihre Instrumente mitbrachten, wurde es schon fast zu eng.

Die kleine Tafel an der Wand war grundsätzlich bis aufs letzte Eckchen vollgekritzelt und quietschte entsetzlich, wenn man sie in der Höhe verschob. Auch die festinstallierte Stereoanlage hatte ihre Eigenheiten. Sie konnte keines der neuen Speicherformate abspielen und weigerte sich hartnäckig, die CDs nach dem Gebrauch wieder auszuspucken.

Trotzdem unterrichtete Silja gern hier, sie liebte die Atmosphäre an der Hochschule, an der immer etwas los war. Aus allen Räumen erklang Musik und wenn sie die Korridore entlangging, hörte sie die verschiedensten Instrumente, Ensembles und Musikstile. Anfangs war es eine Herausforderung gewesen, die Fachwörter für Musik richtig zu verwenden, aber ihre Leidenschaft für Konzerte hatte ihr das Lernen erleichtert.

Ferdinand war Kontrabassist, Anfang zwanzig, ein Bilderbuchschüler: Er fehlte nie, war aufmerksam und machte immer die Hausaufgaben. Seinen Bass brachte er glücklicherweise nicht mit in den Kurs.

Vor zwei Wochen hatte Silja die Gruppe in die Semesterferien verabschiedet. Ferdinand war bis zuletzt geblieben, hatte die auf den Tischen verstreuten Unterrichtsmaterialien eingesammelt und zu ihr gebracht. Er hatte sich sogar für den Deutschkurs bedankt und ihr die Hand gegeben.

Silja wusste, dass er mit seinem Studium und seinem Instrument unzufrieden war, aber sie hatten nicht über die Gründe gesprochen.

»Was ist passiert?« fragte sie die beiden Männer.

»Herr Sommerlich befindet sich offenbar in einer Krise.« antwortete der Pastor. »Er ist im Haus seiner Eltern auf das Dach des Gebäudes gestiegen und ist willens, sich hinunter zu stürzen. Es ist einem Zufall zu verdanken, dass er es noch nicht getan hat. Seine Schwester kam spät nach Hause und hat ihn dort oben gesehen. Sie hat ihre Eltern informiert und zusammen konnten sie ihn bisher zurückhalten. Aber er war von seinem Vorhaben nicht abzubringen. Er hat nach Ihnen verlangt. Seine Gründe hat er nicht genannt.«

»Und was soll ich da tun?« fragte sie hilflos.

»Versuchen Sie, mit ihm ins Gespräch zu kommen.« riet der Polizist. »Wir wissen nicht genau, in welcher Verfassung er sich befindet. In der Regel sind diese Suiziddrohungen Hilferufe, die wir sehr ernst nehmen müssen. Seien Sie offen und vorsichtig. In einem solchen Gespräch kann alles passieren.« warnte er. »Vielleicht öffnet er sich Ihnen, vielleicht dreht er sich im nächsten Moment um und springt. Das ist das Risiko, in das Sie sich begeben.«

»Wichtig ist, dass Sie sich selbst schützen.« ergänzte der Pastor. »Bewahren Sie Abstand und versprechen Sie nichts, was Sie nicht halten können oder wollen. Bleiben Sie authentisch, aber werden Sie nicht aggressiv. Und nehmen Sie nichts persönlich. Falls er springt, was der Herr verhüten möge, ist es seine Entscheidung. Sie tragen keine Schuld. Es ist wichtig, dass Sie das stets erinnern: Sie haben keine Schuld an seinen Entscheidungen.«

Grüblerisch dachte Silja an ihre letzten Begegnungen mit Ferdinand: Hatte sie etwas gesagt oder getan, das zu seiner Verzweiflung beigetragen haben könnte? Sie hielt sich für eine geduldige und gerechte Lehrerin, aber wer wusste schon, ob ihre Schüler das auch so sahen? Nein, ihr Unterricht war bei der musischen Begabung ihrer Studenten zu nebensächlich, um ihn sich so zu Herzen zu nehmen.

Sie kannte Ferdinand als einen höflichen, akkuraten, wenn auch in letzter Zeit etwas traurigen und zurückgezogenen Kursteilnehmer. Sogar sehr höflich: Neulich waren ihr beim Öffnen der Eingangstür zur Musikhochschule sämtliche Kopien aus der Hand gerutscht. Der Versuch, den Fall mit einem Fuß zu bremsen, hatte die Blätter auf dem glatten Marmorboden des Foyers verteilt.

Silja war krabbelnd über den Boden gerutscht, um die Übungen wieder einzusammeln. Plötzlich hatte sie bemerkt, dass jemand hinzugetreten war und ebenfalls nach den Seiten griff. Obwohl sie solche Missgeschicke gewohnt war, weil sie sie ständig fabrizierte, hatte sie einen roten Kopf bekommen. Wieder einmal hatte sie ihre Zeitplanung verflucht, die es nicht zugelassen hatte, die Seiten aneinander zu heften. Umso dankbarer war sie gewesen, dass Ferdinand geholfen hatte, den wirren Stapel wieder zu sortieren.

An jenem Tag war er nicht so traurig gewesen. Nach dem Kurs hatte er die Musikhochschule heiter mit seinen Kommilitoninnen plaudernd verlassen.

Als sie ihr Ziel erreichten, war es bereits dunkle Nacht. Silja fröstelte vor Nervosität. Was würde sie hier ausrichten können?

Sie war vorgewarnt worden, dass sich alle in höchster Aufregung befänden, aber aus den Augen der Eltern und der Schwester sprachen bloße Verzweiflung. Der Vater stand kurz davor, auf das Dach zu stürmen, um seinen Sohn zu packen und mit Gewalt in Sicherheit zu zerren. Ein Polizist hatte ihn bisher mit dem Argument zurückgehalten, dass das Ferdinand zur Handlung zwingen würde – und die einzig mögliche Tat sei für ihn derzeit der Sprung ins Nichts.

Als Silja sich vorstellte, blickte Frau Sommerlich sie aus warmen, mütterlichen Augen flehentlich an. Sie brauchten keine Worte. Die Schwester, ein vierzehnjähriges Mädchen mit langen dunkelbraunen Haaren, hatte verweinte Augen und drückte sich hinter der Mutter herum.

Wie lange mussten sie ausgeharrt und gezittert haben! Siljas Fahrt hatte mindestens eine Stunde gedauert. Wie viel länger befand sich Ferdinand schon auf dem Dach des Hauses?

Die letzten Ratschläge des Pastors und des Polizisten, die sie ins oberste Geschoss begleiteten, hörte Silja kaum. In einem Zimmer, das einmal ein Kinderzimmer gewesen war, stand ein Dachfenster offen. Der Wind blies hinein. Ein Stuhl stand unter dem Fenster. Aus dem Erdgeschoss wehten die verweinte Stimme der Schwester und die der Panik nahen der Eltern. Sie sprachen französisch, das Silja nicht verstand, aber sie hörte die Emotionen heraus.

Silja stieg auf den Stuhl. Der Fensterrahmen befand sich in Brusthöhe. Ihr wurde schon schlecht, als sie sich auf den Rahmen stemmte und die Beine hochzog, um auf das Dach zu klettern. Ihr schwindelte beim Blick in die Tiefe. Wie viel lieber hätte sie jetzt Merksätze für Wechselpräpositionen entwickelt! Oder einen doppelten Klassensatz Leistungstests korrigiert!

Von oben erklang ein drohend gerufener Satz auf Französisch.

»Ferdinand?« antwortete sie. »Ich komme jetzt zu dir.«

Dann musste sie die Lippen fest zusammenkneifen, denn ihr drehte sich der Magen um.

»Falls ich nicht vorher abstürze.« ergänzte sie leise für sich.

Sie hatte beide Knie auf den Fensterrahmen gesetzt und stellte nun einen Fuß auf die Ziegel. Das Dach fiel sanft schräg ab, etwa zwei Meter unter ihr endete es mit der Regenrinne. Danach kam die Dunkelheit, und Silja wusste, dass es tief genug war für einen Tod.

Alle Stimmen der Vernunft ignorierend, die in ihrem Inneren rebellierten, trat sie auch mit dem zweiten Fuß hinaus und richtete sich zaghaft auf, den Blick zum First gerichtet. *Warum habe ich keine Sicherheitsleine bekommen?*, schoss es ihr durch den Kopf.

Sie strengte sich an, einen Schritt nach oben zu gehen. Prompt rutschte sie ein Stückchen herab. Ihr Herz sackte ihr in die Hose. Trotzdem, sie musste zum Dachfirst, da hätte sie mehr Sicherheit, da könnte sie sich hinsetzen…

Vorsichtig machte Silja den nächsten Schritt. Jetzt ging es besser, sie fand auf der Schindel Halt. Sie verlagerte ihr Gewicht und zog den anderen Fuß nach. Noch drei Schritte auf zitternden Beinen, dann war sie oben angekommen. Mit einem Anflug von Erleichterung bemerkte sie, dass hier ein schmales Flachdach war. Ihr Herz raste und sie sank auf den Allerwertesten.

Silja hatte sich immer für sportlich gehalten, aber nie wäre sie auf die Idee gekommen, auf einem Dach herumzuturnen. Vermutlich hatte sie Höhenangst. Dann doch lieber Adjektivdeklination oder Wegbeschreibungen in einem Anfängerkurs, das gehörte mit zum Schwierigsten, das sie ihren Schülern zu vermitteln…

Das Flachdach verlief in gerader Richtung zum Giebel und dort, ganz am Ende, hinter einem niedrigen, gemauerten Schornstein, sah Silja im Schein einer Laterne das bleiche Gesicht Ferdinands. Er sah zu ihr hinüber und rief etwas auf Französisch. Es klang wild und verzweifelt, seine

Stimme war rau und zitterte. Er wandte sich um und trat an die Kante des Daches.

Mühsam kratzte die Lehrerin die Reste ihres Schulfranzösisch zusammen. »Ferdinand, j'arrive. C'est moi, Silja.«

Er hielt in seiner Bewegung inne.

»Ich komme jetzt zu dir, in Ordnung?« fragte sie und war erleichtert, als er sich zu ihr umdrehte.

Sie rappelte sich auf. *Die nächsten Schritte sind doch der reinste Spaziergang*, dachte sie, während sie den Schornstein fest im Blick behielt, und schon stolperte sie und fiel der Länge nach auf das Flachdach. Mehr vor Schreck als vor Schmerz schrie Silja auf, nur um im nächsten Moment zu verstehen, dass sie noch lebte und nicht abstürzte. Zitternd stemmte sie sich auf ihre schmerzenden Knie und betrachtete ihre aufgeschürften Handflächen.

Sie hörte, wie jemand zu ihr trat, und als sie aufsah und Ferdinand ihr die Hand reichte, um ihr aufzuhelfen, blickte sie ihm direkt in die Augen. Sein Blick war voll tiefer Traurigkeit und Verzweiflung und zugleich so flammend, dass es sie bis ins Innerste berührte. Auch etwas Fragendes und den Rest einer Hoffnung sah sie darin.

Merkwürdig, dass ein Blick so viel sagen konnte. Silja brauchte Ferdinand nicht zu fragen, wie er sich fühlte, sie konnte den ganzen Widerstreit seiner Emotionen aus seinen Augen ablesen.

Er half ihr wortlos auf die Beine und aus dem offenen Dachfenster klangen fragende Stimmen.

»Alles in Ordnung, ich bin nur gestolpert.« rief Silja beruhigend.

Ferdinand war wieder hinter den Schornstein und zum Giebel getreten, also musste Silja das letzte Stück auch noch absolvieren. Als sie neben ihm stehenblieb und zu Boden sah, blickte sie direkt ins schwarze Nichts.

»Uah!« machte sie entsetzt und ihr wurde erneut übel. Sie schwankte und berührte Ferdinand haltsuchend kurz am Arm.

Er sah auf sie nieder, und sie hatte das Gefühl, es läge der Gedanke in seinem Blick, sie mit hinab zu nehmen. Sie spürte seinen Anflug von Befriedigung dabei. Aber sie sah noch mehr: Seine Hoffnung, gerettet zu werden. Sie sah die Wildheit, mit der er leben wollte. Und die Hoffnungslosigkeit, es nicht zu können. Wie ein Buch, in dem sie las… Eigentümlich.

Silja taumelte zurück zum Schornstein und setzte sich in dessen Windschatten. Tief atmete sie ein und aus, um ihr hämmerndes Herz zu beruhigen. Ferdinand stand nur da, an der Kante ins Nichts, und starrte hinunter.

Sie hatte keine Ahnung, wie sie das Gespräch beginnen sollte. Auf der Fahrt hatte sie so viele Ratschläge bekommen, dass sie im Grunde jeden Satz verwerfen musste.

»Jetzt bin ich da.« begann sie schließlich mit unsicherer Stimme. »Du hattest gewünscht, dass ich komme. Und jetzt bin ich da.« tastete sie sich vorwärts.

Keine Reaktion. Er starrte weiter hinab.

»Wie kann ich dir helfen?« fragte sie etwas lauter.

»Mir ist nicht zu helfen!« entgegnete er zornig. »Ich will einfach nur meine Ruhe haben und dieses beschissene Leben zu Ende bringen.« Er war plötzlich richtig wütend. »Ich will von diesem Dach 'runterspringen und dann soll alles vorbei sein.«

»Das würde deine Eltern und deine Schwester sehr trau…« begann sie psychologisch.

»Aber sie lassen mich nicht in Ruhe!« schnaubte er. »Immer soll ich etwas tun. Immer soll ich etwas nicht tun. Ich bin einundzwanzig und ich habe keine Idee, wie es weitergehen kann.«

Der junge Mann war zornig und stolperte dabei umso mehr über seinen französischen Akzent. Er trat einen Schritt zurück und wieder vor zur Kante, als wolle er Anlauf nehmen und würde sich doch wieder bremsen. Dies wiederholte er, zweimal, dreimal, viermal. Silja zuckte jedes Mal zusammen. Die Furcht um das Leben eines Menschen schnürte ihr die Kehle zu.

»Du machst mir Angst, wie du da vorne stehst.« presste sie schließlich mühsam hervor. »Könntest du ein bisschen von der Fassade zurücktreten?« krächzte sie.

Noch bevor sie zu Ende gesprochen hatte, saß er neben ihr, den Rücken an den Schornstein gelehnt. Überrascht hielt sie inne.

»Tut mir leid.« sagte er ruhiger. Er zog die Beine an und legte die Arme auf die Knie. Dann senkte er, den Rücken rund, den Kopf zwischen seine Arme.

»Ich kann nicht mehr Bass spielen.« sagte er zum Dach unter sich. »Ich versuche es, aber es kommt keine Musik mehr. Ich mache nur Töne. Hässliche, langweilige Töne ohne Freude. Blasse, fade, halbgare Töne. Mein Professor sagt, ich soll rausgehen, spazieren gehen, in den Wald. Aber ich habe keine Ruhe. Immer kommen die hässlichen Töne mit und die Probleme sind in meinem Kopf.« Heftig fügte er hinzu: »Was ist der Bass auch für ein Instrument? Das ist kein Instrument, das ist ein Zustand.«

Er machte eine Pause und betrachtete seine Finger. Sehnsüchtig fuhr er fort: »Als ich jünger war, habe ich so gut gespielt. Aber ich kann es nicht mehr. Mein Kontrabass hat keine Seele mehr.« Er schwieg.

»Was ist mit der Seele passiert?« fragte Silja.

»Ist tot.« sagte er. »Gestorben. Aus Kummer.«

»Kummer worüber?«

Er antwortete nicht.

Was wusste Silja schon von den jungen Leuten! Welchen Kummer konnte er haben? Geldprobleme? Künstlerische Krise? Liebeskummer? Letzteres erschien ihr am wahrscheinlichsten.

»Hast du Streit mit deiner Freundin?« versuchte sie, das Gespräch fortzusetzen. »Habt ihr euch getrennt?«

Er seufzte tief. »Ich habe keine Freundin. Schon lange nicht.«

»Aber du bist verliebt?«

Ferdinand hob den Kopf und starrte geradeaus über die Fassade, über die Dächer der Nachbarhäuser.

»Unglücklich verliebt?« Silja fühlte sich unwohl und peinlich berührt, als sie die Frage stellte. Trotz des freundlichen Umgangs im Kurs war es ihr immer wichtig, eine professionelle Distanz zu ihren Schülern zu wahren. Freundschaftliche Fragen zu stellen gehörte sich nicht und so intime noch viel weniger. – Doch das hier war eine Ausnahmesituation und sie wollte das Gespräch in Gang halten, Ferdinand eine Möglichkeit zum Reden geben. Mehr noch: Sie wollte in dieser eigentümlichen Verantwortung, die ihr unerwartet zugefallen war, nicht versagen, wollte ihn heil vom Dach holen.

»Ja.« bestätigte er nach einer langen Weile.

»Und sie…?«

Er starrte wieder zwischen seinen Knien zu Boden. »Sie ist unerreichbar. Es ist unmöglich.«

»Warum?«

Keine Antwort.

»Ist sie berühmt, ein Star?«

»Nein, Quatsch.«

»Vergeben? Verheiratet?«

»Nein, verheiratet nicht.«

»Also hat sie einen Freund?«

»Ich weiß nicht.«

»Was ist dann das Problem?«

Er schwieg lange. Der Wind strich über das Dach. Durch die weite Entfernung hörten sie die Stimmen aus dem Haus nur gedämpft. Auf der Straße fuhr ein Auto vorbei.

Schließlich räusperte er sich. »Sie ist…« Er stockte und starrte wieder auf den Boden unter sich. »Sie ist meine Dozentin.«

Silja verschlug es die Sprache. Nur ein überraschtes »Oh!« kam über ihre Lippen. War es Bedauern, das sie ausdrücken wollte? Mitleid? Langsam begann sie zu verstehen, warum sie hier war: Er hatte sich in eine Lehrerin verliebt und suchte den Rat einer anderen. Sie fühlte sich geschmeichelt von seinem Vertrauen. Was konnte sie dem jungen Mann nun raten?

»Das macht es kompliziert.« begann sie. »Eine Dozentin darf sich ni…«

Er unterbrach sie mit rauer Stimme: »Silja, ich liebe dich!« Er sah sie voll an. »Ich liebe dich, Silja!«

Die Angesprochene zuckte zusammen und ihr Herz setzte einen Schlag aus. Sie starrte ihn an. Ihre Mundwinkel zuckten vor Nervosität. Das Land, das sie schon gewonnen glaubte, schwamm unter ihren Füßen davon. Hilflos blickte sie in Ferdinands hoffende, bittende Augen, bemerkte auch, wie sie sich zu Schlitzen verengten, als er seine Augenbrauen zusammenzog.

Er sprang auf und rief: »Ja, ich bin lächerlich! Lach mich aus! Ein lächerlicher Schuljunge! Das bin ich. Ein lächerlicher Junge, der nicht mal mehr arbeiten kann, nicht denken. Keine Musik machen. Keine einzige Note mehr zum Leben erwecken.« Er trat heftig an die Kante. »Los, lach doch! Ich habe keine Lust mehr. Jetzt ist Schluss damit. Mir ist es egal. Ich will nicht mehr.«

So viel Schmerz lag in seiner Stimme, so viel Verzweiflung.

»Bitte tue es nicht!« flehte Silja, die endlich ihre Stimme wiederfand. »Wenn ich dich nur um Eines bitten darf, dann dies: Tue es nicht. Komm da weg, setz dich zu mir und lass uns reden. Und geh nicht wieder da hin.«

Er sah sie lange an, wie sie im Schein der Laterne dasaß, die Jacke nur halb geschlossen, die Bluse in der Hast falsch geknöpft, die Hände ringend, voller Sorge und Verwirrung. Ihr Blick war ohne jede Spur von Hohn oder Herablassung, sie spottete nicht über ihn. Er hatte etwas falsch gedeutet.

Schließlich ließ das Rauschen in seinen Ohren nach. Er wollte leben, wollte mit ihr leben, mit ihr zusammensein. Das war wohl unmöglich, aber das Jetzt, diese Minuten hier mit ihr auf dem Dach, das waren allein ihre gemeinsamen Minuten. Er setzte sich wieder, ein bisschen näher neben Silja als zuvor, doch ohne sie zu berühren.

Sie schwiegen lange. Silja grübelte darüber nach, ob sie Ferdinand jemals Anlass gegeben hatte, etwas in ihr Verhältnis zu ihm hineinzudeuten. In ihrer Erinnerung konnte sie keine solche Situation finden. Und wie sollte sie jetzt reagieren? Was konnte sie ihm sagen, ohne ihn erneut zur Verzweiflung zu bringen?

Zögerlich begann sie: »Entschuldige, aber ich bin etwas überrumpelt. Darauf war ich nicht vorbereitet.«

»Tut mir leid,« entgegnete er, »ich habe das ganz falsch gemacht.«

»Nein, darum geht es nicht. Aber wie können wir jetzt weitermachen? Welche Lösung können wir finden?«

Er antwortete nicht.

»Du weißt,« fuhr sie fort, »dass sich ein Lehrer nicht mit seinen Schülern einlassen darf? Dass die Studenten so vor Machtmissbrauch durch Dozenten geschützt werden? Dass es also schon rein rechtlich gesehen…«

»Fühlst du gar nichts für mich?« unterbrach er sie leise.

Sie dachte flüchtig an seinen flammenden Blick, als er ihr aufgeholfen hatte, und wie dieser ihr durch und durch gegangen war, wie es sie berührt hatte, in seinen Augen lesen zu können.

»Ich mag dich als meinen Schüler« antwortete sie. »Und du kennst mich nur als Dozentin. Das ist nur ein kleiner Teil von mir, das ist wie eine Rolle, wie eine Schauspielerin bei einem Auftritt. Nicht wirklich ich.«

»Du meinst, ich mache mir etwas vor?«

»Du hast ein sehr einseitiges Bild von mir.« bestätigte sie.

»Aber das Bild gefällt mir sehr.« entgegnete er entwaffnend.

Plötzlich keimte mit einer Idee neue Hoffnung in ihm. »Wir könnten uns doch kennenlernen.« schlug er vor. »Wir treffen uns und lernen uns kennen.«

Siljas erster Impuls war, das kategorisch abzulehnen, doch sie hörte auch den Lebenswillen, den ihm dieser Vorschlag gab. Durfte sie das zerstören, indem sie ihm die Hoffnung wieder nahm? Konnte sie ihm nicht diesen einen Strohhalm reichen, wenn er sich daran aus dem Sumpf ziehen konnte?

Schließlich stimmte sie zögerlich zu: »Wir können uns ab und zu treffen. Einmal im Monat ist in Ordnung.«

»Nein, das ist so viel Zeit. Alle zwei Wochen.«

»Aber dafür versprichst du mir, dass du nicht mehr hier hoch steigst. Und dass du dir helfen lässt. Ich meine, dass du dir professionelle Hilfe suchst, bei einem Psychotherapeuten.«

»Ich bin nicht krank!« widersprach er.

»Ferdinand, du wolltest dich vom Dach stürzen!« rief sie empört.

Er willigte ein, fast reumütig klang seine Antwort. *Sie sorgt sich um mich*, dachte er. *Ich bedeute ihr etwas*. Er hätte ihr alles versprochen, wenn er nur die Chance bekam, sie zu treffen, sie zu sehen, in ihrer Nähe zu sein, ihren köstlichen Duft zu atmen.

Eine Weile saßen sie schweigend nebeneinander. Sie fühlten sich wie beim Abspann eines sehr anstrengenden, anspruchsvollen Films, ließen das Geschehene Revue passieren, versuchten, es zu verstehen und neu zu verstehen.

Siljas Magen grummelte.

»Hast du Hunger?« fragte Ferdinand.

Sie bejahte und wollte schon vorschlagen, ins Haus hinunter zu gehen.

»Magst du Pizza?« fragte er und zog das Smartphone aus der Hosentasche.

Als der Pizzabote die Lieferung brachte, nahm Ferdinand sie wortlos am Dachfenster in Empfang. Sie aßen an den Schornstein gelehnt, gemeinschaftlich schweigend. Schließlich klappten sie die leeren Kartons zu und gingen zum Fenster zurück. Ferdinand betrat zuerst die Schräge, schritt sicher hinab und kletterte ins Haus. Sofort zogen ihn erst seine Mutter und dann seine Schwester in lange, feste Umarmungen.

Silja setzte etwas zögerlich einen Fuß vor den anderen, gelangte so aber sicher zum Fenster. Am Rahmen ließ sie sich auf ihren Allerwertesten nieder und hängte die Beine über das Sims ins Zimmer. Der Stuhl war so weit entfernt! Kurzerhand hob Ferdinands Vater sie hinein und drückte sie dann fest an sich.

»Danke.« flüsterte er.

Über seine Schulter hinweg sah Silja, wie Ferdinand zornrot wurde. Er wollte sich aus der Umarmung seiner Schwester losmachen, aber sie klammerte sich an ihn und weinte vor Erleichterung.

Im nächsten Moment wurde Silja von Ferdinands Mutter in die Arme geschlossen, die ihrer Dankbarkeit wortreich Ausdruck verlieh. Silja verstand nur einen Bruchteil dessen, was die Französin sagte. Sie war nun unendlich müde und wünschte sich nichts mehr als ein Bett und Ruhe – viele Stunden Ruhe.

Durch den Schleier ihrer Erschöpfung sah sie, wie Ferdinands Vater seinen Sohn erst leicht gegen die Schulter boxte und dann in eine feste Umarmung zog. Amelie, seine Schwester, trat zu Silja und gab ihr schüchtern die Hand, die Augen ganz rot und noch voller Tränen.

Silja begriff, dass die Polizisten und der Geistliche gegangen waren, als die Pizza geliefert wurde. Sie folgte Ferdinands Mutter ins Erdgeschoss hinunter und dann stand sie eselig hinter ihr, als diese ihr das Sofa im Wohnzimmer bezog. Schließlich konnte Silja in das frische Bettzeug schlüpfen und sich lang ausstrecken.

Ihre Träume waren plastisch und wirr. Mal träumte sie, dass sie unvorbereitet vor ihrem Deutschkurs stand, hochrot und orientierungslos, dann war ihr als käme sie Ferdinand ganz nahe und senke ihre Nase in sein dunkles Haar, in vollem Wissen, dass sie das nicht durfte. Im nächsten Moment stand sie auf dem Dach und blickte in eine Tiefe, in der Ferdinand in bodenloses Nichts stürzte, kaltes Entsetzen in ihr, und die Verzweiflung der Ohnmacht.

Schweißnass erwachte sie aus diesem Schwindel. Langsam verblassten die Traumbilder, aber ihre Besorgnis hielt an. War er wirklich in seinem Zimmer geblieben? Nicht wieder aufs Dach gestiegen?

Es hielt Silja nicht mehr im Bett. Leise stand sie auf und tappte durch das dunkle Wohnzimmer ins Treppenhaus hinaus. Sie wollte kein Licht machen, um die Familie nicht zu stören. So leise wie möglich stieg sie die Treppen hinauf, fand den Weg zu Ferdinands Tür. Was sie da wollte? Sie konnte doch unmöglich zu ihm hineingehen, wenn er schlief! Aber was, wenn er es nicht tat?

Gerade als Silja vor seinem Zimmer ankam, sah sie, wie Amelie vorsichtig die Tür schloss. »Oh, hallo.« sagte die Kleine freundlich mit halblauter Stimme. »Ich habe geschaut, ob er da ist.« Sie hatte einen starken französischen Akzent.

»Und, ist alles in Ordnung?«

»Ja, alles ok. Er schläft.«

»Da bin ich erleichtert.« sagte Silja etwas verlegen. »Ich habe schlecht geträumt.« ergänzte sie entschuldigend.

»Ja, ich auch. Ich hatte so viel Angst.«

Zusammen gingen sie wieder hinab.

»Mein Bruder ist krank, ja?« fragte Amelie.

»Ferdinand war verzweifelt. Er wusste nicht mehr weiter.« antwortete Silja.

»Muss er ins Krankenhaus? Wird er eingeschlossen?«

»Ich weiß es nicht. Vielleicht wäre es erst einmal das Beste für ihn.«

»Aber warum?« fragte Amelie weinerlich.

»Damit er Ruhe findet. Und ein bisschen Abstand. Damit er einen Plan entwickelt, wie es für ihn weitergehen kann. Ich glaube, er hat keine Vorstellung davon, wie sein Leben aussehen kann.«

»Ist er ganz verrückt?«

Sie waren im ersten Stock angekommen. Silja blieb stehen.

»Nein. Er hat sich nur verrannt. Ich denke, er ist in einer Sackgasse. Vielleicht braucht er Hilfe von Menschen, die sich mit Krisen auskennen.«

»Ok.« antwortete Amelie. »Du hast das gut gemacht. Gute Nacht!«

Damit verschwand sie in ihrem eigenen Zimmer. Silja rollte sich auf dem Sofa im Wohnzimmer in ihre Decke und war bald wieder eingeschlafen. Ihre Träume zeigten ihr Bilder, die sie nicht erinnerte, als sie am nächsten Morgen erwachte. Nur ein verschwommenes Gefühl der Sicherheit blieb nach dem Erwachen.

Sie gähnte verstohlen und streckte sich unter der gemütlichen Bettdecke. Gleich darauf zuckte sie zusammen, denn Ferdinands Gesicht erschien über ihr. In seinen Augen lag Freude wie eine Staubschicht über einer tiefen Traurigkeit.

»Guten Morgen!« wünschte er, und einen unangenehmen Moment lang fürchtete Silja, er würde sich zu ihr hinunterbeugen, um sie zu küssen. Der Gedanke hätte sie gruseln müssen, aber das Gefühl der Sicherheit blieb.

»Es gibt Frühstück, wenn du möchtest.« sagte er nur, richtete sich wieder auf und ging hinaus.

Sie zog sich eilig an und ging in die Küche hinüber, wo bereits alle Familienmitglieder versammelt am Frühstückstisch saßen. Silja fühlte sich schnell wie eine alte Freundin der Familie, die seit langem wieder einmal zu Besuch war. Die nächtlichen Ereignisse wurden beim Essen mit keinem Wort erwähnt.

»Könnten Sie mich zum Bahnhof bringen?« bat sie an die Eltern gewandt, nachdem sie sich für die Mahlzeit bedankt hatte.

»Ich kann dich nach Hause fahren.« bot Ferdinand an.

»Lass mich das mal machen.« entschied sein Vater Jacob.

Der Sohn unterdrückte seinen Zorn. Er fühlte sich übergangen und bevormundet. »Ich komme mit.« beschloss Ferdinand und blickte Silja an.

Sein Blick berührte sie. Wie offen er ihr seine Seele zu Füßen legte! Lag es an ihm? Konnte jeder so in ihm lesen? Sie sah einen Anflug von Eifersucht in seinen Augen, Eifersucht darüber, dass seine Zeit mit ihr kürzer bemessen sein sollte, als die seines Vaters.

»Hilfst du mir bitte mit dem Aufräumen?« bat ihn seine Mutter Suzanne. »Amelie ist mit einer Freundin verabredet. Und dann brauche ich noch Brennholz für den Kamin.«

»Nein, ich…«

»Ferdinand, bitte, lass deinen Vater einen Moment allein mit Silja sprechen.«

Die Deutschlehrerin hegte Zweifel, dass sie überhaupt mit dem Vater ihres erwachsenen Schülers über ihn reden wollte. Ihr Gespräch auf dem Dach war privat gewesen und irgendwie intim. Sie hatten gemeinsam eine Lösung gefunden. – Aber dass es nicht alle Probleme Ferdinands löste, war ihr auch bewusst.

Jacobs Fragen bei der gemeinsamen Autofahrt waren nüchtern und sachlich: Wie sie Ferdinands Stabilität einschätzte? Ob er ihn einweisen sollte? Silja begriff, dass er eins und eins zusammengezählt hatte und wusste, warum gerade sie hier war.

»Vielleicht ist es nur ein Strohfeuer. Ich meine seine Liebe. Vielleicht ist er verliebt und fühlt so stark. Und in ein paar Wochen ist alles vorbei. Alles in hellen Flammen verbrannt, ohne Glut zu hinterlassen.«

»Ja, vielleicht.« antwortete Jacob und sah sie von der Seite kurz an. »Wie seid ihr miteinander verblieben?«

Silja erzählte es ihm.

»Das freut mich.« antwortete er und hielt vor dem Bahnhof. »Es sind ja noch Semesterferien. Dann sehen wir uns in zwei Wochen wieder!«

Sie verabschiedeten sich und Silja fuhr mit dem Zug in ihre Stadt zurück.

»Wir haben noch eine Minute!« sagte Silja mit erhobener Stimme, um gegen den Lärm anzukommen, den ihre Schüler beim Einpacken ihrer Lehrbücher und Schreibutensilien verursachten. Einige packten unbeirrt weiter, andere hielten kurz inne.

»Hausaufgabe!« fuhr Silja fort.

Nun nahmen alle wieder das Buch hervor.

»Machen Sie bitte die Übung fünf auf Seite elf. Lesen Sie die Stichworte und schreiben Sie eine kleine Geschichte in ganzen Sätzen. Morgen sammle ich die Arbeiten ein.«

Ihre Schüler suchten die Aufgabe heraus, kreuzten sie an, klappten die Bücher zu und packten eilig weiter.

»Bis morgen.« schloss Silja den Unterricht.

»Bis morgen!« riefen einige. Sie schoben die Stühle an die Tische und verließen mit einem kurzen Gruß einer nach dem anderen eilig den Klassenraum. Silja blieb allein und machte ihre Eintragungen im Klassenbuch. Dann sammelte sie ihre Materialien zusammen.

Geistesabwesend wischte sie die Tafel. Ihre Gedanken wanderten zu dem bevorstehenden Treffen mit Ferdinand. Sie hatten sich fürs Kino verabredet und wollten danach essen gehen. Klang wie ein ganz normales Date, aber das war es für Silja nicht. Sie mochte Ferdinand, sie wollte ihn nicht verletzen, aber sie wollte ihm auch keine Hoffnungen machen. Sie seufzte. Niemals hätte sie sich auf diese Absprache einlassen dürfen.

Den CD-Spieler und die Stifte für die Tafel räumte sie in den Schrank. In den beiden vergangenen Wochen hatte sie täglich über das Erlebnis auf dem Dach nachgedacht. Alles war glimpflich ausgegangen, darüber sollte sie froh sein. Und vielleicht lernte Ferdinand im Kino oder im Restaurant ja eine Frau kennen. Eine junge Frau, die zu ihm passte. Alles war für ihn besser, als zu Hause zu hocken und sich in seine Ausweglosigkeit zu steigern.

Silja knipste das Licht aus und schloss die Tür ab. Auch an die freundliche Aufnahme in der Familie Sommerlich musste sie immer wieder denken. Sie war einfach integriert worden, ganz natürlich, als gäbe es keine erwägenswerte Alternative. Silja hatte sich wohl gefühlt, fast wie zu Hause.

Eigentlich sollte sie den Abend genießen, beschloss sie, als sie zu ihrem alten, klapprigen Kleinwagen trat. Sich ganz einfach über den Film und das Essen freuen und Ferdinand kennenlernen. Ihm eine Chance geben, sich zu entlieben. Vielleicht sollte sie während des Films mit der Popcorntüte rascheln, in romantischen Szenen Zwischenrufe machen und beim anschließenden Essen mit vollem Mund lachen. Unfair und kindisch, schalt sie sich, und außerdem durchschaubar.

Als sie vor dem Kino ankam, wartete Ferdinand bereits. Er trug ein säuberlich gebügeltes Hemd, das ihm hervorragend stand, und hatte sein kurzes, dichtes, dunkles Haar mit Gel nach hinten gekämmt. Eine Wolke starken Aftershaves umgab ihn.

Dann bin ich mal wieder underdressed, schoss es Silja durch den Kopf, und sie dachte an ihre von einem Arbeitstag verschwitzte Lehrerinnenkleidung, die sie immer noch trug, und an die Kreidespuren an ihren Hosentaschen.

Ihr Wiedersehen wurde vom Gefühl leichter Peinlichkeit begleitet, denn sie wussten nicht, wie sie sich begrüßen sollten. Der Handschlag wäre zu förmlich gewesen, die französische Art, sich Küsschen auf die Wange zu geben, schien Silja zu intim. Nach einer verlegenen Sekunde nahm sie Ferdinand kurz in eine distanzierte Umarmung, wobei er ihr einen Kuss auf die Wange drückte.

»Was möchtest du sehen?« fragte Silja. Sie hatten sich ins Kino verabredet, ohne einen Film auszumachen.

»Dich.« antwortete er.

Silja kicherte und errötete geschmeichelt. Charmant war er ja!

»Was möchtest *du* sehen?« entgegnete er.

Sie einigten sich auf eine Komödie und kauften eine große Packung Popcorn.

Der Film war seicht aber unterhaltsam. Immerhin lieferte er etwas Gesprächsstoff.

»Die Szene mit den Zimtsohlen war peinlich.« sagte Silja, als sie einen Häuserblock weiter beim Griechen Platz nahmen.

»Peinlich? Ich denke, da hat man vielen Betroffenen direkt aus dem Herzen gesprochen.« widersprach Ferdinand.

»Den Schweißfuß-Betroffenen?«

»Und ihren armen Partnerinnen, die immer ihre Füße riechen müssen.«

Silja lachte. Wieder fiel ein offener Blick Ferdinands in ihr Auge. *Ich würde dich gern küssen,* sagte der Blick. Sie sah schnell zur Seite. Zum Glück kam jetzt der Kellner mit der Karte und sie bestellten ihre Getränke.

»Du liebst deinen Beruf, oder?« fragte Ferdinand dann.

Sie bejahte. »Ich war schon immer gern mit Leuten aus anderen Ländern zusammen. Und es macht Spaß, meine Muttersprache zu vermitteln. Es gibt dabei unheimlich viel zu entdecken. Deutsch ist so eine tolle Sprache.«

Ferdinand war ein interessierter Zuhörer, der viele Fragen stellte. Silja überwand bald ihre Scheu vor zu großer Nähe und begann, sich für seine Hintergründe zu interessieren.

Als sie auf ihr Dessert und seinen Kaffee warteten, trat ein kurzes Schweigen ein. *Ferdinand würgt an etwas herum,* dachte Silja.

Schließlich kam es: »Hast du einen Freund?« fragte er und sah sie dabei prüfend an.

Sie könnte ihn anlügen, hätte ihn schon viel früher anlügen und damit versuchen können, ihn abzuwimmeln. Aber das war unehrlich und ihr zuwider.

»Nein.« gab sie zu. »Ich bin Single.«

»Hast du Kinder?«

»Auch nicht. Und du?«

Wenn er jetzt mit »nicht, dass ich wüsste« antwortet, gehe ich, dachte sie.

»Noch nicht.« sagte er schlicht und ergänzte: »Du wirst sehr hübsche, tolle Kinder haben.«

Silja hatte ihrer Meinung nach mit dem Thema schon abgeschlossen. Trotzdem empfand sie immer einen kleinen Stich des Neids, wenn sie auf der Straße schwangere Frauen mit ihren kugeligen Bäuchen sah, oder Mütter, die ihre süßen Kleinen im Einkaufswagen durch den Supermarkt schoben.

»Du auch.« gab sie das Kompliment zurück.

Er zuckte leicht zusammen.

»Ferdinand, du bist fünfzehn Jahre jünger als ich. Das sind…«

»Jaja, mein ganzes Leben liegt noch vor mir, ich werde eine junge Frau kennenlernen und mit ihr glücklich werden. Blablablabla.« fiel er ihr ins Wort.

Silja grinste. Mit Plattitüden durfte sie ihm nicht kommen.

»Nein, aber das sind fünfzehn Jahre Lebenserfahrung, die ich schon gemacht habe.«

»Und ich werde meine eigenen Erfahrungen machen.«

»Ich bin zu alt für eine Vielleicht-Beziehung.« Nun öffnete sie sich ihm mehr als geplant. »Ich kann keine Beziehung mehr ausprobieren, um dann zu merken, dass sie nicht gut für mich ist. Ich brauche etwas Dauerhaftes. Einen Mann an meiner Seite. Für immer. Für den Rest meines Lebens. Durch alle Höhen und Tiefen. Keine Experimente.«

Er fand sich in einer Verteidigungshaltung wieder. »Ich meine das ernst. Ich will nicht nur meinen Spaß haben, das ist so oberflächlich. Dass eine Beziehung auch Arbeit ist, weiß ich. Sich einmal entscheiden und dann dazu stehen, das ist eine Beziehung. Ich habe mich entschieden.«

Woher kam dieser Kampfesmut?, fragte sich Silja. *Und wo war dieser Mut, als er aufs Dach stieg? Er weiß doch genau, was er will.*

Ihr Gespräch verlor sich wieder in harmloseren Themen. Ein paar Minuten später entschuldigte Ferdinand sich kurz. Auf dem Rückweg blieb er neben dem Tresen stehen und unterhielt sich eine Weile mit einer der Kellnerinnen. Offenbar kannten sich die beiden. Silja sah aus den Augenwinkeln, wie sie gemeinsam lachten. Sie wandte sich ab. Genau darauf hatte sie ja gehofft: Dass Ferdinand unter Menschen kam und von sich selbst abgelenkt wurde. Sie bat den Kellner um die Rechnung.

»Ich zahle.« entschied Ferdinand, als er zurückkehrte.

»Dann bin ich nächstes Mal dran.« beschloss sie in Erinnerung an ihre eigene magere Studentenbörse von damals.

Zusammen gingen sie durch den milden und belebten Sommerabend zum Kino zurück.

»Ich bringe dich nach Hause.« schlug Ferdinand vor.

»Danke, aber ich hab' mein Auto um die Ecke stehen. Vielleicht kann ich dich irgendwo absetzen? Oder bist du mit dem Fahrrad da?«

Er verneinte schnell und sah weg. *Eine kleine Lüge*, dachte Silja, und wunderte sich, dass sie das wusste.

Sie gingen nur eine Minute bis zu ihrem Auto.

»Ich hab' hier kein Zimmer mehr, ich übernachte bei einer Freundin.« erklärte Ferdinand und nannte die Adresse.

Silja entriegelte die Türen und setzte sich in den Wagen. Natürlich klemmte die Beifahrertür wieder und sie musste von innen kräftig dagegen drücken, damit sie sich öffnen ließ.

»Mein Auto hat auch schon bessere Tage gesehen.« entschuldigte sie sich, als Ferdinand einstieg.

»Haha.« machte er.

Silja kurbelte das Fenster hinunter und genoss den Fahrtwind. Bald waren sie vor seinem Haus angekommen. Er blieb sitzen.

»Silja…« begann er und sie errötete bei dem intimen Tonfall. Sie hatte gehofft, dass sie von einer solchen Situation verschont bleiben würde.

»Ich liebe dich. Und das bleibt auch so, das ist kein Strohfeuer. Ich weiß es.«

»Dein Vater hat mit dir darüber gesprochen?« fragte sie. »Ich muss aufpassen, was ich zu ihm sage.«

»Nimm's ihm nicht übel.« bat Ferdinand. »Ich will, dass du weißt, dass ich es ernst meine.«

»Ich weiß es.« antwortete sie lahm. Sie spürte, wie er sie anschaute. Sie fürchtete die Gefühle in seinem Blick und starrte auf ihr Armaturenbrett. Der Ölstand müsste bald mal wieder kontrolliert werden. »Wir sehen uns in zwei Wochen.« sagte sie. »Wir mailen uns, in Ordnung?«

»Das tun wir. Tschüß.«

Er verabschiedete sich mit einer halben Umarmung und drückte ihr schnell einen Kuss auf die Wange. Dann stieg er rasch aus, öffnete die Haustür und verschwand.

Zum Glück war es zu dunkel, um zu sehen, dass sie erneut errötet war. Sie startete den Motor und spürte noch eine Weile seine weichen Lippen auf ihrer Haut und das sanfte Kitzeln seines Bartes.

In den nächsten Wochen steckte Silja bis über den Hals in Arbeit. Sie bereitete einen neuen Kurs vor und hatte parallel noch ihre üblichen Stunden. Sie arbeitete gern gewissenhaft und hatte am liebsten immer etwas in der Hinterhand für besonders interessierte und motivierte Studenten. Dass letztere vor allem in ihrer Fantasie existierten, spielte dabei keine Rolle.

Als das nächste Treffen mit Ferdinand anstand, war sie daher leicht genervt, dass sie ihre Zeit mit sozialen Verpflichtungen verbringen sollte, anstatt am Unterrichtsmaterial zu feilen. Gerade heute war ihr eine Idee zu einem neuen Gruppenpuzzle gekommen, die sie gern ausarbeiten wollte. Aber versprochen war nun mal versprochen.

Sie waren fürs Theater verabredet und Silja beschloss, diesmal angemessen gekleidet zu erscheinen. Sie zog das geblümte Sommerkleid an, das sie so mochte, weil es ihr einfach gut stand, wählte die dazu passende Handtasche und traf zur ausgemachten Uhrzeit vor den Stufen des Theaters ein.

Von ihrem Begleiter war noch nichts zu sehen, stattdessen trat schon bald eine Touristenfamilie zu ihr, um sie nach dem Weg zu fragen. Bereitwillig erklärte Silja, wie sie zur gewünschten Eisdiele gelangten. Freundlich lächelnd bedankte sich die kleine Gruppe und zog weiter.

Silja fragte sich, mit welchem dialektalen Einschlag die Familie gesprochen hatte, und grübelte über eine genaue sprachliche Platzierung nach. So dauerte es einige Minuten, ehe sie bemerkte, dass ihre Handtasche offen stand. Kalter Schreck durchrieselte sie, als sie die Fächer durchwühlte und schließlich begriff, dass ihr Portemonnaie fehlte.

Ihre Finger begannen zu zittern, als sie nochmals die ganze Tasche durchsuchte. Es half nichts, ihr Geldbeutel blieb verschwunden. Sie musste zur Polizei.

Die nächste Wache befand sich nur wenige Minuten die Straße hinunter. Auf dem Weg dorthin fiel Silja fast in Laufschritt, als könne ihr die Eile helfen.

»Noch ein Diebstahl?« fragte die Polizistin, die am Empfang arbeitete. »Dann nehmen Sie da hinten im Gang Platz. Während Sie warten, füllen Sie bitte dieses Formular aus und sperren Sie sofort ihre Bankkarten!«

Silja blickte zum Korridor, auf den die Polizistin gezeigt hatte. Dort saßen mindestens acht Personen mit ähnlich betroffener bis verärgerter Miene, wie sie selbst vermutlich zeigte.

»Heute Abend sind mindestens zwei Diebesbanden in der Stadt unterwegs. Wir haben schon ein Dutzend Anzeigen aufgenommen.« erklärte die Polizistin.

Ergeben gesellte sich Silja zu den anderen Wartenden. Auf dem Formular war eine bundesweite Telefonnummer zur Sperrung von Bankkarten angegeben und sie erledigte schnell die nötigen Telefonate. Sie war noch mit dem Formular beschäftigt, als ihr Handy klingelte.

»Oh je, dich hab' ich in der Aufregung ganz vergessen!« gab sie zu, nachdem sie Ferdinand begrüßt hatte. »Und ich habe die Theaterkarten! Du könntest sie schnell abholen und…«

»Das können wir vergessen«, fiel er ihr ins Wort. »Die Vorstellung hat schon begonnen, sie lassen niemanden mehr hinein.« Seine Stimme klang am Telefon noch tiefer und voller als sonst. Sie hatte einen enttäuschten Unterton. »Wo bist du denn?« fragte er, besorgt, versetzt worden zu sein.

Erst jetzt schilderte Silja in kurzen Worten, was passiert war.

»Ich komme zu dir.« beschloss Ferdinand und legte auf, bevor Silja protestieren konnte.

Tatsächlich stand er wenige Minuten später vor ihr, um ihr zur Begrüßung in einer kurzen Umarmung einen Kuss auf die Wange zu drücken. Flüchtige Röte huschte über Siljas Gesicht und sie hoffte, auf das Formular starrend, dass er es nicht bemerkte. Seine zarte Berührung, sein Duft… Das gehörte sich nicht.

Ihre Aufmerksamkeit wurde von einem Betrunkenen abgelenkt, der in diesem Moment schräg gegenüber neben den anderen Wartenden Platz nahm. Lautstark schimpfte er lallend vor sich hin.

»Schade um die Theaterkarten.« meinte Silja bedauernd zu Ferdinand.

»Wir können ein andermal in die Vorstellung gehen.« antwortete er und zückte sein Smartphone, um den Spielplan aufzurufen. »Zum Beispiel morgen Abend oder nächste Woche am Donnerstag spielen sie…« Der Rest seines Satzes ging in der lauten Kontaktaufnahme des Betrunkenen unter.

»Wie heißt du, Hübsche?« brachte er mühsam hervor und stierte Silja aus schwammig-wässrigen Augen an.

Unangenehm berührt starrte sie zurück ohne zu antworten. Sie wandte sich wieder Ferdinand zu. »Ja, Donnerstag vielleicht. Gibt es da noch Kar…?«

»He, Hübsche mit dem Blumenkleid, wie heißt du?« meldete sich wieder der Betrunkene.

Silja sah sich genötigt zu antworten: »Das möchte ich Ihnen nicht sagen. Lassen Sie mich bitte in Ruhe.«

Sie schaute Ferdinand an. Er wirkte angespannt und als sich ihre Blicke trafen, sah sie die Aggression in seinen Augen, eine beherrschte, aber wachsende Wut. Der Betrunkene war nun ein paar Minuten still und sie planten erneut ihren Theaterbesuch.

»Fragen darf man ja wohl!« blökte der alkoholisierte Mann von gegenüber seinem Nachbarn zu. »Ich hab' ja nur gefragt. Und ich hab' keine Antwort bekommen.«

Silja wurde nervös, denn der Mann schien nicht locker zu lassen. Ganz offenbar hatte er sie als Opfer auserkoren. Sie seufzte. Wäre sie bloß zu Hause geblieben!

»Tut mir leid, dass ich dich in diese Situation gebracht habe.« sagte Ferdinand.

Sie schüttelte den Kopf. »Du kannst ja nichts dafür.«

Endlich wurde einer der Wartenden vor ihr aufgerufen. Die anderen rückten nach. Die Polizistin vom Empfang kam durch den Gang.

»Warum dauert es so lange? Wir sitzen schon eine ganze Stunde hier!« fragte ein älterer Herr mit einer dicken Brille, der weiter vorn saß.

»Tut mir leid,« entschuldigte sich die Beamtin, »heute ist ein Spiel des SV. Viele Kollegen sind da noch im Einsatz.« Damit verschwand sie durch eine Tür. Die übrigen murmelten genervt.

»Na, das kann ja heiter werden.« sagte Silja halblaut.

Die Aussicht, eine ganze Stunde einen pöbelnden Betrunkenen vor sich zu haben, war nicht gerade glänzend. Ferdinands Wangen überzog eine leichte Röte und er starrte den Mann an.

»Du musst nicht mit mir hier wart…« begann Silja, an Ferdinand gewandt. Der Rest ihres Satzes ging wiederum in einem Kontaktversuch des Betrunkenen unter.

»Hübschi, wir können später ein Bier trinken gehen.«

Silja versuchte, ihn zu ignorieren, doch das war erfolglos. Er begann jetzt zu rufen, um ihre Aufmerksamkeit auf sich zu lenken: »Hallo, hallo!«

Längst starrten alle Wartenden herüber. Manche waren erleichtert, nicht selbst im Fokus zu stehen, andere froh, etwas Unterhaltung zu haben.

»Ich habe es schon einmal gesagt: Ich möchte keinen Kontakt zu Ihnen.« sagte Silja und schaute den Betrunkenen an.

»Ach Süße, ich hab' doch bloß gefragt, fragen darf man.«

»Sie haben Ihre Antwort bekommen. Und wie Sie sehen, bin ich in Begleitung, ich werde ganz sicher kein Bier mit Ihnen trinken.«

Er war eine Minute ruhig, dann fing er wieder an: »Du bist so verkrampft, weißt du, du musst dich mal entspannen. Ich kann dir gerne dabei helfen. Pass auf.« Mühsam rappelte er sich hoch und kam ein paar torkelnde Schritte auf sie zu.

Jetzt schaltete sich Ferdinand ein: »Setzen Sie sich hin und lassen Sie die Dame in Frieden!« sagte er scharf.

Der Betrunkene blieb stehen und schaute ihn an. »Was willst du?« lallte er. »Mit dir rede ich nicht. Ich rede mit Hübschi da, mit dem Blumenkleid.«

Silja sah, wie es in Ferdinand kochte. Zornig starrte er den Mann an. Als dieser noch einen Schritt auf sie zu machte, stand er auf und stellte sich schützend vor sie.

»Alter, was willste von mir?« lallte der Krawallmacher und kam noch näher.

Silja erhob sich und berührte Ferdinand leicht am Arm. »Komm, wir gehen zum Empfang und holen einen Polizisten.« schlug sie vor.

Die beiden Männer ließen sich nicht aus den Augen. Ferdinands Blicke sprühten förmlich vor Wut.

»Wer biste denn überhaupt, du Milchgesicht? Hübschi, ist das dein Sohn oder was?«

Silja sah, wie Ferdinand die Hände zu Fäusten ballte und die Schultern anspannte. Wenn der Mann nicht sofort aufhörte, würde ein Unglück geschehen.

»Ich passe doch viel besser zu Hübschi. Süße komm, wir trinken was zusammen, und dann gehen wir zu dir und machen Fi...«

Ferdinand explodierte. Er holte aus und schlug dem Betrunkenen mit geballter Faust mitten ins Gesicht. Der taumelte hintenüber, sammelte sich aber schnell wieder. Er stürzte sich auf seinen Widersacher und packte ihn am Kragen. Bevor Ferdinand ausweichen konnte, wurde er unter dem Auge getroffen. Fast gleichzeitig fing sich der Betrunkene einen zweiten Schlag ein, der ihn erneut rückwärts wanken ließ. Der junge Hitzkopf folgte ihm und verpasste ihm einen dritten Schlag gegen den Oberkörper. Der Mann krachte im Sturz seitlich gegen die Stühle und landete auf dem Boden. Ferdinand war mit einem Satz bei ihm und holte erneut aus.

In diesem Moment waren zwei Polizisten zur Stelle. Sie rissen Ferdinand die Arme auf den Rücken, zwangen ihn auf die Knie und legten ihm Handschellen an.

»Verhalten Sie sich ruhig jetzt!« kommandierte der eine Polizist.

Ferdinand erstarrte. Die Beamten hoben ihn hoch und führten ihn ab. Silja stand hilflos und fassungslos da. Der junge Mann drehte den Kopf, um sie anzusehen, doch die Polizisten deuteten das als Widerstand und knufften ihn vorwärts.

Verzeih mir!, hatte Ferdinands Blick gesagt. *Es tut mir leid. Bist du verletzt?*, hatte sie in den Bruchteilen einer Sekunde gelesen. Sie war noch immer vor Schreck wie versteinert.

Ein dritter Polizist kümmerte sich um den Betrunkenen, der auf dem Boden lag und offenbar das Bewusstsein verloren hatte. Einige Minuten später traf der Notarzt ein und der Mann wurde nach einer kurzen Untersuchung und Erstversorgung abtransportiert. Plötzlich wimmelte der Flur vor Polizisten. *Wenn sich nur* einer *vorher hätte blicken lassen!*, dachte Silja.

Man brachte sie in ein kleines Büro, wo sie eine Zeugenaussage machen sollte. Es dauerte einige Minuten, bis sie die Sprache wiederfand. Die Bilder gingen in ihrem Kopf um und um. Wie hatte die Situation bloß derartig eskalieren können? Was war nur in Ferdinand gefahren, sich mit einem Betrunkenen so anzulegen?

Andererseits – wer weiß, wie weit der Typ sonst noch gegangen wäre. Ferdinand hatte sie lediglich beschützt. Sie empfand Dankbarkeit für ihn, weil er sich vor sie gestellt hatte. Bei seiner Größe hätte sich der andere im nüchternen Zustand niemals mit ihm angelegt.

Doch Ferdinand hatte auch ohne Warnung zugeschlagen und Silja verstand nicht, wie er so gewaltsam und kurzsichtig handeln konnte. Überhaupt hatte er schon genug andere Probleme, er konnte nicht auch noch eine Anzeige wegen Körperverletzung brauchen.

Silja seufzte tief und fühlte sich endlich in der Lage, die Geschehnisse nach bestem Wissen wiederzugeben und die vielen Fragen zu beantworten. Sie betonte, dass weit und breit kein Polizist zu sehen gewesen war, und wiederholte mehrmals, dass Ferdinand sich schützend vor sie gestellt hatte.

»Was passiert jetzt mit ihm?« fragte sie schließlich.

Der Polizist zuckte mit den Schultern. »Er wird noch eine Weile hierbleiben müssen. Es hängt auch davon ab, wie schwer der Geschädigte verletzt ist. Wir warten da die Nachricht aus dem Krankenhaus ab.«

Nachdem sie ihre Diebstahlsanzeige aufgegeben hatte, verließ Silja müde die Polizeistation um nach Hause zu fahren.

Ferdinand saß lange allein in einem Verhörraum. Langsam beruhigte er sich. Seine Wut auf den Betrunkenen verebbte. Sein Zorn auf sich selbst kam und ging. Warum hatte er sich so hinreißen lassen? Was sollte Silja von ihm denken? Dass er Probleme nur mit den Fäusten lösen konnte? Andererseits – was war dem anderen eingefallen, Silja zu belästigen!?

Er drehte das Coolpack, das man ihm für sein lädiertes Auge gegeben hatte, auf eine kühlere Stelle. Man hatte ihm die Handschellen auf dem Rücken gelöst und seine Hände vor dem Körper erneut gefesselt.

Wie sie dagestanden hatte, mit entsetzten Augen und versteinertem Gesicht! Ungläubig und geschockt hatte sie ihm nachgeblickt. Es stach ihn in der Herzgegend, wenn er daran dachte. *Ich konnte nicht anders,* entschied er. *Ich musste dich beschützen. Ich werde dich immer beschützen!* Er hatte im richtigen Augenblick das Richtige getan, trotzdem fühlte er sich stolz und geknickt zugleich.

Einige Minuten später wurde ihm bewusst, dass vermutlich eine Anzeige auf ihn zukam. Er stöhnte. Das hatte ihm gerade noch gefehlt. Würde Silja ihm überhaupt noch vertrauen? Was ging bloß in seinem Leben vor, warum lief es gerade so aus dem Ruder? Ausgerechnet jetzt, als er so glücklich war, dass er in ihrer Nähe sein und sie kennenlernen durfte. Glücklich, dass sie *ihn* kennenlernte, als Mann, als der, der er war. Hatte er das zunichte gemacht, indem er einen Moment nicht mehr klar denken konnte, einfach funktioniert hatte? Er legte den Kopf in den Nacken und schloss die Augen.

Schließlich betrat ein Polizist den Raum und setzte sich ihm gegenüber an den Tisch.

»Wie geht es dem… betrunkenen Mann?« fragte Ferdinand.

»Soweit wir wissen, hat er einige Hämatome und eine ordentliche Gehirnerschütterung.« erwiderte der Beamte.

»Das ist alles?«

»Und seine Nase ist gebrochen.«

»Gott sei Dank!« entfuhr es Ferdinand.

»Gott sei Dank?«

»Dass es nicht mehr ist, meine ich.«

»Das ist schlimm genug.« entgegnete der Polizist kurz angebunden und begann die Befragung.

Viele Stunden später wurde Ferdinand entlassen. Er durfte nach Hause, aber zu dieser Uhrzeit fuhren keine Züge mehr. So trieb er sich bis in die Morgenstunden in den Straßen der Stadt herum. Mehrmals nahm er das Handy in die Hand, um Silja anzurufen, aber er riss sich zusammen und ließ es bleiben. Schließlich fand er irgendwo eine alte Zeitung und setzte sich damit in einen Park bis es an der Zeit war, für den ersten Morgenzug zum Bahnhof zu gehen.

Silja schlief schlecht und wachte immer wieder auf, obwohl sie todmüde war. Sie war froh, dass der nächste Tag ein Sonntag war und sie nicht arbeiten musste. Sie wartete auf einen Anruf Ferdinands oder wenigstens eine Nachricht, in der er ihr mitteilte, dass es glimpflich ausgegangen war – für seinen Gegner und für ihn. Kurz dachte sie daran, wenigstens seine Eltern zu informieren, doch das erschien ihr lächerlich. Ferdinand konnte selbst für sich sorgen, wie er am Abend zuvor deutlich bewiesen hatte.

Sie sorgte sich dennoch um den jungen Mann, der sich wegen ihr in eine unnötige Prügelei gestürzt hatte. Schließlich griff sie zum Telefon und rief Ferdinand an.

»Oui?« antwortete er verschlafen.

Das tiefe, samtige Brummen seiner Stimme ging ihr durch und durch. Sie entschuldigte sich für die Störung, um das Gefühl der Intimität abzuschütteln.

Auf ihre Bitte hin berichtete er kurz vom Ausgang des Abenteuers. Vor Müdigkeit tat er sich schwer, die richtigen deutschen Ausdrücke zu finden. Seine tiefe Stimme war samtweich, als er die Silben in die Länge zog oder nach einem Wort suchte. Es klang in Siljas Ohren wie eine unausgesprochene Liebeserklärung.

Für Ferdinand war es nicht leicht, konsequent zu berichten. Er entschuldigte sich mehrfach bei Silja für sein rohes Verhalten, aber es fiel ihm schwer, sachlich zu bleiben. Wie viel lieber hätte er ihr gesagt, was er fühlte, wie sehr er sie liebte, dass er sich wünschte, mehr, sehr viel mehr Zeit mit ihr zu verbringen, und wie sehr ihm der vergangene Abend gezeigt hatte, dass er der Richtige an ihrer Seite war.

Er hielt seine Zunge im Zaum, doch als Silja aufgelegt hatte, murmelte er: »Ich habe dich beschützt. Ich werde dich immer beschützen!« Er fand selbst, dass es besessen klang. *Sie hat* mich *angerufen*!, dachte er noch glücklich, bevor er wieder einschlief.

In den folgenden Tagen verbrachte Ferdinand viel Zeit damit, einen Rechtsanwalt zu finden und mit ihm die Geschehnisse und den möglichen Ausgang der Gerichtsverhandlung zu besprechen. Letztere war unausweichlich, soviel war sicher.

Das Ereignis hatte es sogar als kurze Notiz in die Lokalzeitung geschafft – wobei es der Journalist nicht versäumt hatte, die Frage zu stellen, wie es auf einer Polizeistation überhaupt dazu kommen konnte. Diese Peinlichkeit blieb vom Polizeisprecher nicht unbeantwortet.

Wie sein Anwalt meinte, spielten der Ort des Geschehens und auch das öffentliche Interesse Ferdinand in die Hände. Zuversichtlich rechnete der junge Musiker mit einer Geldstrafe, höchstens mit zusätzlichen Sozialstunden.

Doch noch immer war ihm nichts wichtiger als das nächste Treffen mit Silja. Aus ihrem Theaterbesuch war auch am folgenden Donnerstag nichts geworden, weil Silja eine Vertretung im Abendkurs übernommen hatte.

Ihre Begegnung zwei Wochen darauf fiel anders als erwartet und sehr kurz aus. Sie sahen sich auf ein Stück Torte im Café, aber Silja war unkonzentriert und abwesend, hörte nicht richtig zu, fragte mehrfach dasselbe, und seine Antworten schienen nicht zu ihr durchzudringen.

Die Ältere seufzte innerlich, als sie in die hoffnungsvollen braunen Augen des jungen Mannes ihr gegenüber blickte. Der so gern mehr über sie wissen wollte, am liebsten alles. Der am liebsten gar nicht von ihrer Seite gewichen wäre.

Diese Anbetung rührte sie, schlimmer noch, sie *be*rührte sie, und das war verwirrend. Genauso verwirrend wie für die meisten ihrer Studenten die Position von *nicht* im Satz war. Warum stand es normalerweise möglichst weit am Satzende, aber vor Präpositionen? Warum wechselte es bei Betonungen an fast jede beliebige Stelle? Ob es von Seiten der Linguistik eine Erklärung dafür gab? Sie musste es unbedingt nachlesen.

Ferdinand schob Siljas abwesende Haltung auf sein krudes Verhalten in der Wache. Sicher war sie enttäuscht von seiner Aggression. Er würde ihr beweisen, dass sie ihm vertrauen konnte.

»Wir könnten nächste Woche klettern gehen.« schlug er vor.

»Gute Idee.« meinte Silja gedankenverloren.

»Es gibt hier eine Halle mit verschiedenen Routen, von Anfänger bis Fortgeschrittene. Warst du schon mal klettern?«

»Was? Klettern? Nein! Das ist doch gefährlich.« entgegnete Silja erstaunt. »Entschuldigung, wovon hast du gerade gesprochen? Ich war in Gedanken bei der Satzfolge.«

»Von der Kletterhalle.« antwortete Ferdinand bedrückt. »Man bekommt eine Einweisung und wird die ganze Zeit gesichert. Da kann nichts schiefgehen.«

»Ach so. Und mit wem gehst du?«

Schließlich gaben sie es auf. Silja verabschiedete sich mit der Ausrede, den morgigen Kurs vorbereiten zu müssen. Auf ihrem Rückweg grübelte sie über Merksätze für die Satzfolge nach. Tekamolo war ganz brauchbar, aber gab es überhaupt schon Merksätze für die Position von *nicht*? Sie versuchte ihre Verwirrung und die Unsicherheit, wie sie damit umgehen sollte, zu verdrängen.

Das nächste Mal trafen sie sich zufällig in der Innenstadt. Silja hatte gerade die Prüfungsergebnisse eines Kurses erhalten und war bester Laune. Die Teilnehmer hatten erstaunlich gut abgeschnitten und nur ein, zwei ganz schwache waren durchgefallen. Silja war stolz auf die Leistungen ihrer Schüler und glücklich, zu ihrem Erfolg beigetragen zu haben.

Solche Momente feierte sie am liebsten mit einer Tasse Kaffee und einem Stück Kuchen, denn wer wollte schon endlose Geschichten über die Lernfortschritte von Studenten hören, über die sie sich stundenlang auslassen konnte? Daher war Silja allein auf dem Weg in ein Café, als sie Ferdinand auf der Straße traf.

»Machen wir mal wieder 'was zusammen?« fragte er etwas schüchtern nach ihrer üblichen Begrüßung.

»Wie wäre es mit einem Konzert?« fragte Silja.

In ihrem Überschwang dachte sie an ihre Leidenschaft für Jazzkonzerte, der sie einmal im Monat nachgab. Ferdinand sah sie fragend an.

»Etwas außerhalb der Stadt gibt es die Musiklounge, eine Art Musikclub. Hier findet einmal im Monat ein Jazzabend statt, *Jazz for friends* nennt sich das. Der Eintritt ist frei. Ein absoluter Geheimtipp. Die Bands wechseln ständig und das Lokal ist wie ein großes gemütliches Wohnzimmer.« schwärmte sie.

Ein Blick in Ferdinands alles offenbarende Augen verriet ihr wieder einmal mehr, als er sagte. Er fand Jazz abscheulich und entsetzlich langweilig. Die Aussicht aber, einen Abend mit ihr im Wohnzimmer zu verbringen, und sei es auch ein öffentliches, erschien ihm verführerisch.

»Am Samstag ist das nächste Konzert. Ich hole dich vom Bahnhof ab.«

Kurz nach acht lehnte sich Silja zur Beifahrertür hinüber und öffnete sie wieder einmal von innen.

»Tut mir leid, der Mechaniker fahndet noch nach dem passenden Ersatzteil.« entschuldigte sie sich bei Ferdinand, nachdem er eingestiegen war.

Sie trug eine Bluse mit einem schmalen, pfeilförmigen Ausschnitt, der Ferdinand gerade, als sie sich über den Beifahrersitz gebeugt hatte, ungewollt tiefe Einblicke gestattet hatte. Er selbst hatte sich für ein schickes Hemd und eine sommerliche Leinenhose entschieden und duftete nach einem herben Aftershave, das jetzt den ganzen Innenraum des Wagens füllte.

»Wir fahren eine knappe Stunde.« erklärte Silja und lenkte ihre Klapperkiste aus der Stadt.

»Bist du öfter in der Musiklounge?« erkundigte sich ihr Begleiter.

Sie nickte lebhaft. »Wenn ich kann, zu jedem *Jazz for friends*. Die Bands sind meistens großartig und ich liebe diesen entspannten, tragenden, selbstvergessenen Klang, die Transparenz der Improvisationen und diese gechillte Atmosphäre.«

Ferdinand strahlte sie an.

»Was ist?« fragte sie fröhlich.

»Ich hab' dich außerhalb deines Unterrichts noch nie so begeistert erlebt.« Seine Stimme lächelte.

Silja grinste und fuhr fort: »Wenn die Band nicht so toll ist, kann man immer noch einen Drink schlürfen und die anderen Gäste beobachten, das nächste Lied abwarten oder einen Spaziergang an den Stausee machen.«

Sie setzte zu einem Überholmanöver an, und als sie sich etwas nach links wandte, um über die Schulter zu blicken, verschob sich ihr Ausschnitt erneut.

Ferdinand schluckte und sah geradeaus. Machte sie das absichtlich? Wusste sie, was sie da tat?

»Wie läuft's mit deiner Musik?«

Diese Frage dämpfte seine Laune erheblich. Er sah zum Seitenfenster hinaus.

»Da läuft gar nichts.« sagte er frustriert. »Ich hab' das Gefühl, ein Stück Holz mit Metallseilen in der Hand zu halten. Der Bass sagt mir nichts. Ich kann rein mechanisch Musik erzeugen, aber ich drücke damit noch immer nichts aus. Neulich hatte ich ein Konzert mit einem kleinen Ensemble.« berichtete er. Nahezu entsetzt fuhr er fort: »Das Publikum war begeistert und hat uns gefeiert. Aber mich hat es nicht berührt, weil ich das Gefühl hatte, sie loben mich für eine Leistung, die ich nicht gebracht habe. Ich hatte ihnen nur etwas vorgemacht.«

Er schwieg eine Weile. »Verstehst du das?« fragte er dann mit leicht verzweifeltem Unterton in der Stimme.

Silja dachte nach. »Ich verstehe, was du mir sagst, aber diese Erfahrung habe ich selbst nie gemacht. Das kann nur ein Musiker richtig nachvollziehen.«

Eine Weile fuhren sie schweigend durch die Dämmerung.

»Hast du einen Führerschein?« fragte Silja unvermittelt.

»Ja, sicher.« antwortete er. »Schon lange.«

»Super, du hast den Job.« Sie lächelte ihn so bittend an, dass ihm das Herz aufging.

»Ich liebe dich.« sagten sein Blick und seine Stimme zugleich.

Siljas Körper überzog sich mit Gänsehaut. Sie kurbelte das Fenster zu und bog in eine lange Auffahrt ein, an deren Ende die Lichter des Clubs leuchteten.

Der Konzertraum lag in einem gemütlichen Halbdunkel und das erwartungsvolle Publikum hatte bereits begonnen, sich auf Sofas, Sessel und Stuhlgruppen, die um Tischchen herum arrangiert waren, zu verteilen. Auf der

Bühne standen einige Instrumente und Mikrofonstative bereit. Nur die Musiker fehlten noch.

»Wir kommen gerade rechtzeitig!« behauptete Silja und steuerte zielstrebig auf ein Sofa in der Mitte des Saals zu.

Ihr Weg führte an der Bar vorbei. Hier herrschte großer Andrang, und die Gäste, die schon Getränke ergattert hatten, wurden auf dem Weg zu ihren Sitzgelegenheiten von den Wartenden aufgehalten. Als sie sich durch die Menschentraube schoben, stieß Silja auf einen alten Bekannten. Der große, glatzköpfige Mann zog Silja an sich und hob sie in der Umarmung ein Stück vom Boden hoch.

»Wie schön, dich mal wieder zu treffen!« rief er herzlich.

»Kay! Das ist ja toll!« erwiderte Silja. »Wie lange hab' ich dich nicht gesehen! Letzten Monat hast du echt was verpasst.«

»Ich hatte leider einen Auftrag.« bedauerte er und fügte hinzu: »Vor zwei Monaten warst du nicht da! Wo hast du gesteckt?«

»Erzähl' ich dir später! Wir müssen uns unbedingt noch einen guten Platz sichern.«

Kay war ein breitschultriger, athletischer Mittvierziger, und sein offenes Gesicht zeigte unverhohlene Freude über ihr Wiedersehen.

»Ich hab' schon ein Stück vom Sofa in der Mitte belegt, komm doch dazu. Darf ich dich zu einem Getränk einladen?« fragte er.

»Ich bin mit einem Freund hier.«

Silja stellte Ferdinand vor. Kay drückte ihm ein wenig zu kräftig die Hand.

»Ich bin Kay, auch ein Freund von Silja.« Er musterte den jungen Mann etwas von oben herab. »Ein sehr alter Freund.« ergänzte er dann.

Sie schoben sich zur Bar vor.

»Bitter Orange oder Grapefruitsaft?« fragte der Barmann lächelnd, als Silja an der Reihe war.

Mit ihren Getränken in der Hand nahmen sie eine Sofahälfte in der Mitte des Raums in Beschlag. Die andere Seite des Sitzmöbels war bereits belegt. Silja warf sich in die Sofaecke und Kay sicherte sich den Platz neben ihr. Für Ferdinand blieb ein Sessel neben Silja. Bewusst beiläufig legte Kay einen Arm auf die Lehne hinter Silja, als er sich zu ihr hinabbeugte, um »Wo hast du den denn aufgegabelt?« in ihr Ohr zu raunen.

»Erzähl' ich dir, wenn er mal raus muss.« flüsterte Silja zurück.

Ferdinand starrte diesen Mann an, den Silja so gut zu kennen schien. War das jemand, auf den sie stand? Hatte sie sich für ihn so angezogen?

»Habt ihr schon gehört, wer heute spielt?« fragte Kay etwas lauter und registrierte zufrieden Ferdinands angesäuerten Blick. Vorsichtig schob er sich noch ein Stückchen näher an Silja. Beide verneinten unisono.

»Der Barmann hat es mir verraten.« Er legte eine dramatische Pause ein. »Tom Hotcomb und die Cherrypickers!« verriet er mit großer Geste.

Silja explodierte vor Lachen. »Tom Hotcomb?« wieherte sie. »Klingt eher nach Hopper als nach Jazz. Netter Versuch, Kay.« Und an Ferdinand gewandt fuhr sie fort: »Kay erfindet gern Bandnamen. Bisher leider ziemlich erfolglos. Ich hab' noch von keiner Band gehört, die mit einem seiner Namen herumlaufen wollte.«

Ferdinand lächelte höflich, doch Silja sah in seinen Augen eine Mischung aus Zorn und leiser Enttäuschung, Schmerz und… was war da noch? Erregung?

»Wo habt ihr euch kennengelernt?« fragte Ferdinand und konnte nicht verhindern, dass sein Blick in ihren Ausschnitt fiel, der sich bei ihrer Drehung zu ihm wieder einmal geöffnet hatte.

Silja bemerkte seinen Blick und war kurz irritiert, bis sie sich erinnerte, was sie gerade trug. Kay versuchte sie abzulenken, indem er lauter als nötig fragte, womit sie die letzten Wochen verbracht hatte. Im selben Moment rückte er so nah an sie heran, dass sich ihre Körper berührten.

Sie wandte sich ihm zu. »Ehrlich, Kay, übertreib's nicht!« warnte sie freundlich mit leiser Stimme. Er grinste frech, sah zur Bühne und rückte ein Stück von ihr ab.

»Wir kennen uns von einem Theaterbesuch.« beantwortete Silja Ferdinands Frage. »Wir waren Sitznachbarn und sind ins Gespräch gekommen. Das war vor… zwölf Jahren, wir kennen uns also schon ewig.«

Ferdinand war rot vor unterdrücktem Zorn und sie sah ihm prüfend in die Augen.

»Das sollten wir eigentlich feiern!« quasselte Kay und bemühte sich um einen rauen, intimen Tonfall. »Nur wir beide, Silja, du und ich und eine gute Flasche Rotwein.«

In Ferdinand brodelte es vor Eifersucht, und er wandte alle Kraft dazu auf, sich zusammenzureißen. Warum erlaubte Silja diesem schleimigen Schöntuer sich so an sie heranzuschmeißen? Nur weil sie ihn schon zwölf Jahre kannte? Und was war in der Zeit passiert? Hatten die beiden etwas miteinander gehabt?

Vor zwölf Jahren hatte er selbst Flugzeuge gebastelt und sie auf einer Wiese hinter dem Haus seiner Eltern fliegen lassen. Natürlich! *Er* war ja noch ein Kind gewesen.

So hatte er sich diesen Abend nicht vorgestellt. Aber dieser alte Glatzkopf sollte ja nicht glauben, dass er ihm das Feld überließ, er würde ihm…

In diesem Moment lehnte sich Silja zu ihm herüber und legte ihre Hand auf seinen Arm. Ihre leichte Berührung besänftigte sein Gemüt. Eine warme Woge flutete durch seinen Körper und beruhigte ihn. Warum sah sie ihm so forschend in die Augen? Wollte sie ihm etwas sagen?

Plötzlich erlosch das Licht im Zuschauerraum, das Publikum verstummte und die Musiker betraten die Bühne. Ein herzlicher Applaus empfing sie, doch die Instrumentalisten unterbrachen ihn durch den Einsatz ihrer ersten Nummer.

In diesem Augenblick veränderte sich für Ferdinand alles. Er spürte Siljas Hand nicht mehr, er spürte auch seinen Körper nicht mehr, er vergaß, wo er war, er vergaß alles um sich herum. Da war nur noch diese Musik, wie ein Pfad, der sich durch einen verschlungenen Urwald schlängelte, ein heller, klarer, oft verzweigter Pfad, den er entlangglitt, ohne jegliche Mühe, ohne die tragische Schwere der vergangenen Monate.

Es war Musik wie Atmen, wie Sein. Die Luft im Raum um ihn wurde plastisch, er war ein Schwimmer in diesem Raum, er war schwerelos und glitt auf dem Pfad durch alles, das er jemals gefühlt und empfunden hatte.

Mit einem Mal konnte Ferdinand sehen – wie blind war er zuvor gewesen! Der Weg war endlos, aber er strahlte ihm mit einer Klarheit entgegen, die ihn sein ganzes Leben leiten würde. Immer schneller glitt der Pfad unter ihm hinweg, immer mehr verschwamm die grüne Mauer zu seinen Seiten, verwandelte sich in breiige Streifen, die zurückwichen. Immer breiter dehnte sich der Pfad, er wuchs zu einem Weg, zu einer Straße, zu einer Schneise, einer Ebene, bis alles, sein gesamtes Sichtfeld, nur noch aus golden glühendem Glanz bestand.

»Ferdinand?«

Ganz leise drang eine Stimme zu ihm, eine sanfte liebe Stimme. Wie sehr er diese Stimme liebte, denn sie gehörte zu einem wunderbaren Wesen, einer Frau, die er für immer festhalten würde!

Langsam kam er zu sich und nahm seine Umwelt wieder wahr. Lauter Applaus drang an sein Ohr. Allmählich begriff er, was geschehen war.

Er sprang von seinem Sessel auf und pfiff begeistert auf den Fingern. »Das war unglaublich!« rief er. »Es war… unbeschreiblich! Sie sind enorm!«

Silja stand neben ihm, auch sie klatschte frenetisch. Er öffnete die Arme, um sie an sich zu ziehen. Erst im letzten Moment erinnerte er sich, dass sie noch nicht so weit waren und hielt sich zurück. Es würde noch etwas Zeit vergehen, bevor er sie sein nennen und an sein Herz drücken durfte. In nicht allzu ferner Zukunft würde er es tun dürfen, dessen war er sich jetzt sicher.

Ein letztes Mal kam die Band auf die Bühne, die Musiker verbeugten sich und gaben auf ein Zeichen des Pianisten ihre letzte Zugabe des Abends. Während dieser Minuten kam Ferdinand vollends wieder zu sich.

Die Antwort auf die offenen Fragen seiner musikalischen und schöpferischen Krise hatte sich ihm gerade offenbart. Er wusste endlich, wer er war, warum er den Bass, nein, warum der Kontrabass ihn gewählt hatte, und er hatte den Weg gesehen, den er gehen musste, den er von nun an beschreiten würde.

Ferdinand konnte nicht warten, bis die Musiker ihre Instrumente eingepackt hatten. Er stieg auf die Bühne und sprach die Gruppe an.

Es wurde ein langer, voller Abend. Die Musiker setzten ihr Gespräch bei einigen Getränken fort und fachsimpelten über Jazz. Sie saßen selbst dann noch zusammen, als das Publikum längst gegangen war. Silja und Kay hatten sich mit einigen Freunden der Band hinzugesellt.

Kay wusste inzwischen, welche Erlebnisse Silja mit Ferdinand verbanden. »Dass der Junge in dich verschossen ist, sieht man auf sechshundert Meter bei Gegenlicht.« hatte er behauptet. »Aber was ist mit dir?«

»Ich sicher nicht.« hatte sie entgegnet. »Aber sag nicht Junge und sei ein bisschen netter zu ihm, du weißt ja jetzt, dass er etwas dünnhäutig ist.«

»Schade, es hat solchen Spaß gemacht, ihn zu provozieren.« hatte er gegrinst.

Als sie in der Runde saßen, probierte Kay noch die eine oder andere vertrauliche Geste an Silja aus, aber Ferdinands einzige Reaktion darauf war ein Stirnrunzeln und ein böser Blick.

»Wahnsinn!« sagte Ferdinand, müde, erschöpft und noch immer in Flammen, als er zu Silja ins Auto stieg. »Einfach unglaublich! Diese Band ist schlicht der Hammer. Und diese Soli! Ich hab' nicht einmal gewusst, dass ein Bass physikalisch dazu in der Lage ist. Man hört sofort, dass der Bassist auch der Komponist der Gruppe ist. Dieser virtuose und gechillte Sound über einer simplen, soliden Basis ist großartig.«

Silja lenkte den Wagen auf die Autobahn. Ferdinand schwebte so im siebten Himmel, dass sie ihm das Fahren nicht zutraute. Außerdem hatte sie sich in den letzten Stunden an Orangenschorle und Apfelsaft gehalten.

»Das war ganz merkwürdig mit dir.« sagte sie, als Ferdinand eine Pause in seiner Schwärmerei einlegte. »Du warst wie weggetreten. Du hast kein einziges Mal nach einer Nummer applaudiert. Sogar in der Pause hast du nur dagesessen und auf die Bühne gestarrt. Ich hab' dich ein paarmal angesprochen, aber du hast nicht reagiert. Du warst total abwesend.«

»Das war ich tatsächlich.« bestätigte Ferdinand. Eines Tages würde er Silja von seiner Offenbarung berichten. Nicht heute, noch war die Erfahrung zu frisch und zu intim.

»Wohin fahren wir?« fragte er, mit Erstaunen seine Umgebung wahrnehmend.

»Ich bringe dich nach Hause.« entgegnete Silja. »Um diese Zeit fahren keine Züge mehr und bis Montag früh ist die Bahnstrecke wegen Wartungsarbeiten gesperrt.«

»Ach so, danke. Weißt du noch das eine Lied, mit diesem Geflecht von Variationen? Hättest du gedacht, dass es aus einer Improvisation entstanden ist? Das ist so komplex, ich hätte gewettet, dass es komponiert ist, bis ins letzte Detail am Reißbrett ausgefeilt. Aber die Gruppe hat gejammt und eher zufällig eine Aufnahme mitlaufen lassen. Micha, der Bassist, hat sie mir vorgespielt. Einfach krass. Sie haben später kaum etwas verändert, alle wesentlichen Elemente waren schon in der Improvisation drin. Die sind einfach richtig, richtig genial.«

Silja fiel ein riesiger Stein vom Herzen. Ferdinand hatte seine Orientierung zurück, hatte wieder Boden unter den Füßen. Er begeisterte sich von Neuem für die Musik. Sie hatte das Gefühl, ein Puzzleteil hätte nach langer Suche seinen richtigen Platz gefunden und das erleichterte sie, denn es bedeutete, dass… die Sache mit dem Dach in weite Ferne rückte.

»Danke, dass du mich zu dem Konzert mitgenommen hast!« sagte Ferdinand plötzlich. »Das war das Großartigste, was mir passieren konnte. Ehrlich, ich könnte dich küssen.« Er schwieg kurz und fügte dann sanft hinzu: »Ich könnte dich eigentlich immer küssen.«

Silja wurde rot und freute sich dennoch über das Kompliment. »Es ist so schön, dich glücklich zu sehen.« antwortete sie.

Ferdinand griff nach ihrer Hand, die auf dem Schalthebel lag, hob sie an seine Lippen und küsste sie.

»Lass das bitte.« sagte sie leise. Sie entzog ihm die Hand und legte sie aufs Steuer.

»Es war ein schöner Abend.« meinte Ferdinand ruhig, als sie den Blinker setzte, um die nächste Autobahnausfahrt zu nehmen. »Nur dieser Kay war am Anfang ein bisschen schräg drauf.« Er fühlte sich warm und sicher. »Wie stehst du zu ihm?« fragte er.

Silja dachte kurz nach. »Kay ist ein guter Freund. Er ist Schauspieler am Großen Theater, und er trennt nicht besonders scharf zwischen Arbeit und Beruf. Er manipuliert gerne Menschen, um zu sehen, wie sie reagieren. Das betreibt er als eine Art Studie, er guckt sich die Reaktionen ab und spielt sie irgendwann nach. Seine Beobachtungen sind die Grundlage für sein eigenes Spiel. Aber er hat auch ein gutes Auge für die Schwächen seiner Mitmenschen.«

»Also hat er mich nur zum Spaß provoziert?«

»Kay wollte mal was von mir.« räumte Silja ein. »Aber er ist seit acht Jahren glücklich verheiratet. Wie gesagt, er spielt gern mit Emotionen.«

Eine weitere Frage lag Ferdinand auf den Lippen, doch er zögerte, sie auszusprechen, weil er nicht wusste, ob er die Antwort vertragen konnte. Er fühlte sich so entspannt, so geerdet, so sturmfest in allem, dass er es schließlich wagte: »Stehst du auf ihn?«

Silja blickte ihn kurz von der Seite an und wieder einmal verschob sich ihr Ausschnitt… »Ich würde lügen, wenn ich behaupten würde, er sei nicht attraktiv.«

»Ok.«

Damit konnte er leben. Ein Jahresgehalt von hunderttausend Euro war auch attraktiv, aber wer hatte das schon?

»So, da sind wir.« sagte Silja und hielt auf der Auffahrt vor Ferdinands Elternhaus.

»Komm doch mit rein.« schlug Ferdinand vor.

Silja lachte freundlich. »Sicher nicht.«

»Nein, so meine ich das nicht.« Ferdinand bekam rote Wangen und sein Blick wanderte unkontrolliert über Siljas Körper.

»Du bist doch schon total müde. Du kannst im Wohnzimmer auf dem Sofa schlafen.«

»Und was sagen deine Eltern dazu?«

»Du bist bei ihnen immer herzlich willkommen. Ich leg' einen Zettel hin, dann wissen sie Bescheid.«

Silja spielte Klavier auf dem Lenkrad, während sie nachdachte. Warum eigentlich nicht? Sie hatte schon einmal auf der Couch geschlafen, das war sogar recht gemütlich gewesen. Und sie war wirklich müde.

»In Ordnung. Kann ich das Auto hier stehenlassen?«

Am nächsten Morgen wurde sie von der gedämpften Stimme Amelies geweckt. Sie klang weinerlich und leicht verzweifelt. Jacobs tiefe Stimme antwortete in beruhigendem Tonfall, aber ein Schluchzen war die Antwort.

Silja stand rasch auf und brachte ihre Kleidung und ihre Haare in Ordnung. Hier war an Schlaf nicht mehr zu denken. Sie öffnete die Wohnzimmertür und ging in die Küche hinüber, wo Suzanne, Jacob und ihre Tochter beim Frühstück zusammensaßen.

»Guten Morgen.« grüßte sie.

»Guten Morgen!« erwiderten die Eltern freundlich.

Amelie sah sie aus verweinten Augen überrascht an. Sie starrte auf Siljas Oberteil.

»Oh, entschuldige bitte.« sagte Silja, als sie den Blick bemerkte. »Ich hatte nichts zum Wechseln dabei. Das T-Shirt hat mir Ferdinand gestern Abend gegeben. Hat er vom Wäschetrockner genommen.«

Als Amelie nichts entgegnete, fügte sie hinzu: »Ich gehe ganz sorgfältig damit um, versprochen, und bringe es dir sauber zurück. In Ordnung?«

»Du bist hier!« rief das Mädchen schließlich und sah plötzlich viel fröhlicher aus.

»Wollte ich dir gerade sagen.« meinte Jacob.

»Was ist los?« fragte Silja Suzanne, die sich jedoch gleichzeitig erkundigte, ob sie einen Kaffee wollte.

Silja lächelte. Sie hatte diese Familie gern und sie mochte dieses ganz normale Familienchaos, in dem jeder etwas anderes wollte und trotzdem alle an einem Tisch saßen. Das vermisste sie manchmal in ihrem Singlehaushalt.

»Sehr gern.« beantwortete sie die Frage nach dem Kaffee.

»Amelie schreibt eine Arbeit und ist ein bisschen verzweifelt, weil sie etwas nicht verstanden hat.« fasste Suzanne die Situation zusammen.

»Ich bin nicht ein bisschen verzweifelt.« schnaubte Amelie. »Ich verstehe es nur einfach nicht. Und diese olle Meyer hilft mir nicht. Sie kann gar nichts richtig erklären.«

Silja nahm einen großen Schluck von dem süßen schwarzen Gebräu. Herrlich, wie es ihre Lebensgeister weckte.

»Um welches Fach geht es denn? Vielleicht kann ich dir helfen.«

»Deutsch.« sagte Amelie und grinste sie hoffnungsvoll an.

Silja lächelte zurück.

»Das klingt schon mal gut. Was macht ihr genau?«

»Ich verstehe dieses Partizip eins nicht. Und am Freitag ist meine Prüfung.«

»Gut, ich hatte schon befürchtet, sie sei morgen. So können wir das noch schaffen.«

In diesem Moment kam Ferdinand herein.

»Ich liebe euch alle!« rief er laut und drückte, bei seinen Eltern angefangen, jedem einen Kuss auf die Wange.

»Igitt! Du spinnst!« rief Amelie und wischte sich die Wange ab. »Du kratzt. Kein Wunder, dass du keine Freundin hast.«

»Sei nicht so frech, du Käfer.«

»Selber frech.« entgegnete Amelie und zu Silja gewandt fuhr sie fort: »Ich hole mein Buch und mein Heft und zeige dir, was wir machen müssen.« Sie wollte aufstehen und loslaufen, doch ihr Vater hielt sie zurück.

»Erst einmal wird gefrühstückt.«

Silja nahm noch einen tiefen Schluck aus ihrer Tasse, während Ferdinand begann, beseelt vom gestrigen Abend zu schwärmen. Seine Eltern hörten mit wachsendem Erstaunen zu.

»Und das Beste ist,« schloss Ferdinand seinen langatmigen Bericht. »ich hab' ab sofort Unterricht bei Micha.«

»Das ist toll! Ich gratuliere!« sagte Suzanne herzlich.

»Gut gemacht. Wann geht's los?« fügte Jacob hinzu.

»Können wir jetzt das Partizip eins machen?« fragte Amelie genervt.

Silja blieb noch bis zum Nachmittag bei Familie Sommerlich. Um das grammatische Problem zu erklären, hatte sie erst mit einigen Vorurteilen aufräumen müssen. Mit der Zeit war es ihr gelungen, Amelie davon zu überzeugen, dass ihr Schulstoff ganz praktisch war und das Leben – grammatisch gesehen – leichter machte. Schließlich hatte ihre Schülerin die Bildung des Partizips verstanden und einige Aufgaben zu seiner Anwendung selbständig gelöst.

Silja versprach, ihr per E-Mail noch ein paar Übungen zu senden und beauftragte sie, die Lehrerin in der Schule nach Musteraufgaben für die Prüfung zu fragen. Amelie war sichtlich erleichtert.

»Hier, die wollte ich dir noch schicken.« sagte sie und drückte Silja eine Karte in die Hand. Es war eine Einladung zu ihrem Geburtstag am kommenden Samstag.

»Oh, das ist ja nett. Vielen Dank.« sagte Silja höflich.

»Und, kommst du?«

»Wer kommt denn noch?« fragte sie vorsichtig.

»Zwei Tanten von mir und ein paar Freundinnen. Es gibt Torte und wir machen ein bisschen Party. Wir wollen auch ein Gästezimmer einrichten, dann hast du ein eigenes Zimmer und kannst hier schlafen.«

»Hm. Ich hab' am Vormittag eine Prüfung, die geht bis etwa zwei Uhr. Dann kann ich gegen fünf hier sein.« überlegte Silja.

Als sie eine Woche später an der Villa Sommerlich klingelte, öffnete ihr eine aufgekratzte Amelie mit strubbeligen Haaren.

»Komm rein!« rief sie und wartete kaum die Glückwünsche ab. »Wir spielen gerade Wahrheit oder Pflicht. Machst du mit?«

»Oh Gott!« rief Silja. »Spielt man das immer noch? Die Wahrheit ist, ich hätte gern ein großes Stück Torte. Und ich finde, du hast die Pflicht, dieses Geschenk auszupacken.«

Sie überreichte die sorgsam in Geschenkpapier gewickelte *Grammatik für Teenies*, – es steckte einfach zu viel Lehrerin in ihr, um es nicht zu tun – die sie aber immerhin mit einer Tafel Schokolade aufgelockert hatte.

»Danke!« rief Amelie fröhlich. »Kann ich gut brauchen. Ich werde die Schokolade studieren und die Grammatik auffuttern.« Sie kicherte albern über ihr Wortspiel.

Silja begrüßte Jacob und Suzanne und wurde den Tanten vorgestellt. Sie genoss den Abend mit angeregten Gesprächen; später tanzten sogar alle im Wohnzimmer, ungeachtet ihres Alters und der Tatsache, dass es sich bei der Geräuschkulisse um die neuste Popmusik handelte.

Ferdinand war nicht da. Er verbrachte das Wochenende in Paris, um ein paar weitere Konzerte der Band zu besuchen und Unterricht bei Micha zu nehmen.

»Der nervt sowieso mit seinem Jazz.« kommentierte Amelie. »Das ist doch nur was für alte Männer.«

Silja kicherte. »Und ich altes Weib muss langsam ins Bett. Ich habe heute zwanzig hoffnungsvolle Deutschlerner geprüft und ein halbes Dutzend Rapsongs mitgesungen, deren Texte ich nicht verstanden habe. Würdest du so freundlich sein und mir mein Zimmer zeigen?«

Sie folgte Amelie die Treppe nach oben, war aber etwas erstaunt, als diese erklärte: »Tante Elaine hat das Gästezimmer bekommen. Aber du kannst in Ferdinands Zimmer schlafen.«

»Sag mal, das geht doch nicht.« Silja blieb auf der Treppe stehen. Sie überlegte, ob sie nach Hause fahren sollte, aber sie hatte Alkohol getrunken, wie alle anderen Erwachsenen auch.

»Doch klar, Ferdinand kommt erst Sonntagabend zurück und ich hab's extra frisch bezogen!« sagte Amelie gewinnend und sah die Ältere dennoch fragend an.

Es blieb Silja nichts anderes übrig, wenn sie nicht zwischen ein paar gackernden Teenies im Wohnzimmer nächtigen wollte.

Ferdinands Zimmer betrat sie mit einer gewissen Scheu. Sie war seit jenem Abend nicht mehr hier gewesen. Silja setzte sich auf die Bettkante und schaute zum Dachfenster. Die nächtlichen Ereignisse zogen an ihrem inneren Auge vorüber, lösten aber keine Beklemmung mehr bei ihr aus. Dass alles glimpflich ausgegangen und Ferdinand auf einem guten Weg war, erfüllte sie mit Erleichterung und Freude.

Nur diese regelmäßigen Treffen machten ihr allmählich zu schaffen. Sie sollte dafür sorgen, dass sie seltener wurden, dachte Silja, als sie sich unter die gigantische Daunendecke kuschelte.

Ihr Blick glitt über das Regal neben dem Bett. Da standen vor allem Notenhefte, und auch einige Bücher, Fotos, Postkarten, Muscheln, Steine und Souvenirs tummelten sich dort. Neugierig stand sie noch einmal auf, um sich ein Buch zu holen.

Als sie es aus dem Regal zog, flatterte ein Stück Papier heraus. Sie hob es auf, und warf einen Blick darauf. Es war ein Bild von ihr, ein Foto, das auf der Homepage der Musikhochschule stand. Ferdinand hatte es ausgedruckt und ihren Vornamen und ein großes rotes Herz auf die Rückseite gemalt. Sie seufzte, aber es klang nicht resigniert, eher sehnsüchtig.

Am nächsten Morgen erwachte Silja ausgeruht wie nie. Sie mochte dieses Haus, diese Familie, und sie mochte auch Ferdinand.

Zwei Monate später war Silja beruflich gefordert wie selten zuvor. Sie hatte neue Kurse übernommen, darunter einen Intensivkurs, der die Studenten in spe in kurzer Zeit bis zum Hochschulniveau führen sollte. Glücklicherweise konnte sie auf Lehrbücher zurückgreifen, deren Stoff sie durch zusätzliche Sprechübungen auflockerte. Nachmittags betreute sie einen Konversationskurs, und auch das neue Semester an der Musikhochschule hatte begonnen.

Außerdem hatte sie sich für eine Fortbildung zum Thema *Schwierige und belastende Teilnehmer* angemeldet. Leider war sie auf der Warteliste gelandet. Silja war enttäuscht, denn sie hatte immer mehr mit jungen Studenten zu tun, die es nicht schafften, ihr Handy längere Zeit zur Seite zu legen, oder sich auf eine umfangreichere Übung zu konzentrieren. Erst neulich war einer aus der Haut gefahren, als sie ihn gebeten hatte, das Smartphone in die Tasche zu stecken.

Stattdessen hatte Ferdinand sie für den Samstag zum Konzert mit seiner neuen Combo – seiner Jazzband – eingeladen. In einer kleinen, alternativen Kneipe in der Innenstadt würden sie ihren ersten Gig haben.

Ferdinand studierte seit kurzem an der Jazzakademie und nahm gleichzeitig weiter Stunden bei Micha, den er vergötterte. Er übte viele Stunden am Tag, aus dem Rumpelkasten war wieder ein Instrument mit Herz und Seele geworden. Ein klares Ziel vor Augen, trug ihn seine Leidenschaft über manche Hürde und manchen deprimierenden Rückschlag hinweg.

Wegen der Schlägerei auf der Polizeiwache war er zu ein paar Dutzend Sozialstunden verpflichtet worden, die er in einem Seniorenpflegeheim abarbeitete. Silja und er hatten sich weiterhin regelmäßig getroffen. Einmal hatten sie sich sogar an der Kletterwand in der Halle versucht. Allerdings war Silja kläglich daran gescheitert. Sobald sie höher als drei, vier Meter kam, war es, als würde ein Schalter in ihrem Kopf umgelegt: Sie wurde starr vor Angst und bewegte sich keinen Millimeter mehr. Sie war dann taub für alle ermunternden Zurufe, klammerte sich an der Wand fest, bis ihre Kräfte sie verließen und sie schlaff und verängstigt im Seil hing. Nach einigen Versuchen hatte Silja es aufgegeben.

Lieber gingen sie wandern. Mit einer anständigen Mahlzeit und etwas zu trinken im Rucksack machten sie großzügige Touren durch entlegene Gegenden. Hier fanden sie Ruhe und Inspiration, konnten sich unterhalten oder entspannt gemeinsam schweigen. Die winterlichen Temperaturen kümmerten sie dabei nicht. Die Bewegung und ihre Gedanken hielten sie warm.

Am Freitag vor Ferdinands erstem Jazzkonzert wählte Silja mit schlechtem Gewissen seine Telefonnummer. Eine Kollegin war krank geworden und hatte ihren Platz bei der Fortbildung *Schwierige Schüler* an Silja weitergegeben. Sie wollte, nein, musste unbedingt daran teilnehmen.

Erst tags zuvor hatte sie einen Studenten des Kursraums verwiesen, weil er im laufenden Unterricht auf seinem Smartphone eine Fernsehserie angesehen hatte – in voller Lautstärke. Er hatte sich mit dem Argument verteidigt, er hätte seine Kopfhörer verloren. Nach dem Platzverweis hatte er fluchend seine Sachen gepackt und Silja wüst beschimpft – unter anderem auf Deutsch.

So etwas musste sich nicht wiederholen. Sie wünschte sich, besser mit solchen Konflikten umgehen zu können, denn diese Missachtung ihrer Arbeit traf sie tief.

Als sie Ferdinand erreichte, saß Silja bereits im Auto, um zur Fortbildung zu fahren. Ihre Befürchtungen bewahrheiteten sich: Er war zutiefst enttäuscht und versuchte, sie zum Kommen zu überreden. Wortreich setzte sie ihm auseinander, wie wichtig diese Weiterbildung für sie war. Leider würde sie bis in den Samstagabend dauern und dann hatte sie noch vier Autostunden Rückfahrt vor sich. Das Konzert sollte gegen neun Uhr beginnen, das konnte sie unmöglich schaffen.

»Es tut mir aufrichtig leid, dass ich unsere Abmachung nicht einhalten kann. Ich hätte dich wirklich gern in deinem ersten Jazzkonzert gehört.« betonte Silja.

»Dann hab' ich aber 'was gut bei dir.« schloss Ferdinand und legte auf, bevor Silja protestieren konnte.

Seine Enttäuschung verwandelte sich bald in anhaltende Wut. Einen Tag vorher sagte sie ab! Für ihn war dieser Auftritt eine große Sache und er hätte sie gern in seiner Nähe gehabt. Nicht nur wegen des Konzerts – am Sonntag war sein Geburtstag und er hatte gehofft, dass sie mit ihm und seiner Band reinfeiern würde.

Für Silja verging die Zeit wie im Flug. Das Dutzend Unterrichtsstunden voller Übungen zum Umgang mit schwierigen Schülern und Tipps zur Schonung der eigenen Ressourcen war im Nu vorbei. Bei dem intensiven Erfahrungsaustausch hatte sie ein paar nette Kollegen kennengelernt. Besonders mit Josh, einem Peruaner, der bereits seit mehr als zwei Jahrzehnten in Deutschland unterrichtete, verstand sie sich gut.

»Oh, wie schön!« rief er angetan, als sie ihm erzählte, woher sie kam. »Ich habe schon so viel von deiner Stadt gehört. Seit Jahren will ich mal dahin, die Innenstadt soll wunderhübsch sein! Und dann auf einen kurzen Abstecher nach Frankreich weiter.«

»Na, wenn du willst, nehme ich dich mit, ich bin mit dem Auto da.«

So waren sie auf dem Rückweg zu zweit – und Silja fand ein offenes Ohr für Unterrichtsprobleme, grammatische Feinheiten und linguistische Fragen. Josh war eine Art lebendes Lexikon für Warum-Fragen zur Grammatik und gab sein Wissen gern weiter.

Später berichtete Silja von Ferdinands Gig, um zu erklärten, warum sie sich so beeilte. Sie schafften die Strecke tatsächlich eine halbe Stunde schneller als gedacht und kamen gegen zehn Uhr vor dem *Beat Club* an. Als sie hinein wollten, wurden sie allerdings von einem bulligen Türsteher aufgehalten.

»Tut mir leid.« sagte er höflich und deutete auf einen Pulk von Menschen, der die Tür blockierte. »Wir sind überfüllt. Ich darf keinen mehr reinlassen.«

Silja konnte es nicht glauben. Hatte sie sich für nichts so abgehetzt?

»Wann haben sie denn angefangen zu spielen?« fragte sie den Rausschmeißer.

»Vor einer halben Stunde, die rocken gerade das Haus.« antwortete der stolz.

Silja hörte es. Wenn die Leute nicht so viel quatschten, drangen die Songs bis nach draußen. Die Gruppe war gut, und von Rock konnte natürlich keine Rede sein. Sie coverten bekannte Jazzstücke. Die fließenden Klänge entspannter bis frickeliger Jazzmusik drangen an Siljas Ohr. Das Publikum feierte die Band und tobte vor Begeisterung. Schließlich wurde die letzte Nummer angesagt.

»Und zum Schluss«, der Mann am Mikro wartete, bis die bedauernden Rufe verebbten, »unser erster eigener Song, eine Komposition von unserem Bassisten. Er ist gerade total ver…«

»Halt die Klappe und spiel!« unterbrach ihn Ferdinands temperamentvolle Stimme.

Aus dem Publikum erklang lautes Gelächter, aber Silja zog schuldbewusst ihren Kopf zwischen die Schultern. Er war sauer.

Je länger Ferdinand und seine Band spielten, desto mehr staunte Silja. Sie hatte gar nicht gewusst, dass Ferdinand komponierte. Und sie hörte jetzt den allerersten Song aus seiner Feder! Sie war stolz auf den jungen Mann, der im letzten halben Jahr so sehr gekämpft hatte.

Dieses letzte Lied des Abends war vollgepackt mit Einfällen, vielleicht noch etwas zu voll, und es fiel für Siljas Geschmack etwas zu schnell aus, weil der Bassist die Band antrieb. Aber es war eine stimmige, groovige Nummer mit einem erstaunlichen Basssolo und einem wiederkehrenden Leitgedanken.

Obwohl sie auf der Straße stand, fiel Silja in den begeisterten Applaus ein, den die Gruppe nach dem Ende des letzten Songs und des Konzerts wohlverdient entgegennahm.

»Zugabe fällt leider aus, weil es schon nach zehn ist und wir die Tür nicht zukriegen.« sagte der Mann am Mikro knapp.

Die Leute buhten enttäuscht, brachen dann aber wieder in Beifall aus. Gleich darauf entstand ein so fürchterliches Gedränge von Gästen, die hinein- und Konzertbesuchern, die hinauswollten, dass Silja und Josh die Flucht ergriffen. Sie suchten sich eine Kneipe ein paar Blocks weiter und bestellten ein Bier.

Silja fühlte sich hin- und hergerissen, ob sie sich noch bei Ferdinand melden sollte. Einerseits würde er sich bestimmt freuen, andererseits hatte sie bereits abgesagt. Sicher hatte er nun andere Pläne. So blieb sie mit Josh in der *Bierliesl* sitzen.

»Hier, ich zeig' dir mal, wie ich in Peru gelebt habe.« verkündete ihr Kollege. »Komm mal rüber.«

Sie rückte neben ihn, damit sie in sein Smartphone gucken konnte.

»Dann verstehst du vielleicht, was ein Kulturschock ist.« fuhr er fort. »Obwohl – das muss man selbst erleben, Bilder allein reichen nicht.«

Sie beugten sich beide über sein Smartphone. So bemerkten sie nicht, wie ein großer, junger Mann mit kurzen dunklen Haaren in die Kneipe kam, offenkundig wütend, wenn auch bisher noch mühsam beherrscht. Sie lachten über ein witziges Bild, als er an ihren Tisch trat, und erst als Ferdinand sie ansprach, blickten sie vom Handy auf.

»Hallo Silja, wie läuft deine *Fortbildung*?« fragte er grollend. »Was erzählst du mir eigentlich für einen Scheiß?« schob er nach, bevor sie antworten konnte. »Warum machst du das mit mir?« Er hatte getrunken und wurde immer lauter. »Du hattest mir versprochen, dass du zum Konzert kommst. Ok, du hast abgesagt, und jetzt sitzt du hier mit *so einem*?«

Er wischte mit einer schnellen Bewegung Joshs Bier vom Tisch. Der Krug knallte auf den Boden und der Inhalt spritzte in alle Richtungen.

»Ferdinand, bitte beruhige dich.« begann Silja. »Ich hatte nicht vor…«

»Ich soll mich beruhigen? Ich werde mich nicht beruhigen. Du verletzt mich, und du weißt es. Ich soll keine Dummheiten machen, aber das werde ich, und wenn ich Dummheiten mache, dann bist du schuld.«

Er griff auch nach Siljas Glas und schmetterte es auf den Boden.

»So, ich denke, jetzt ist es genug.« sagte der Wirt hinter Ferdinand.

Ein paar junge Männer kamen eilig vom Eingang herüber und nahmen den Zornigen in ihre Mitte.

»Ich will nicht mitkommen!« rief er wütend, als sie ihn zur Tür bugsierten. »Ich will dem Typen erst noch eine reinhauen.« Er machte Anstalten, umzudrehen, aber sie zerrten ihn nach draußen.

»Tut mir leid wegen der Gläser.« entschuldigte sich Silja kleinlaut beim Wirt.

»Geschenkt.« sagte er kühl und schlurfte zum Tresen zurück, wo er schon vorher auf einem Barhocker über einem Bier gehangen hatte.

Eine Kellnerin kehrte die Scherben zusammen und die anderen Gäste wandten sich, nachdem sie Silja ausgiebig angestarrt hatten, wieder ihrem eigenen Privatleben zu.

»Was war bitte das?« fragte Josh entsetzt und belustigt zugleich.

Silja war geladen, als sie sich auf den Weg nach Frankreich machte, sie war auch dann noch geladen, als sie am Haus der Sommerlichs ankam. Suzanne öffnete die Tür und bat sie überrascht herein.

»Ich würde gern mit Ferdinand sprechen.« schnaubte Silja.

»Tut mir leid, der ist unterwegs.«

»Er ist nicht hier?«

Es war bereits Nachmittag und sie hatte fest damit gerechnet, dass er zu Hause war.

»Nein. Möchtest du einen Kaffee, während du auf ihn wartest?«

Silja nickte dankbar. Sie war so unermesslich ärgerlich auf Ferdinand. Was sollte sie jetzt mit ihrer Wut anfangen?

»Was ist passiert?« fragte Suzanne, als sie mit Jacob im Wohnzimmer Platz genommen hatten.

»Ferdinand hat mir eine so unglaubliche Szene gemacht.« Empört berichtete sie vom vergangenen Abend. »Ich bin unheimlich sauer auf ihn. Natürlich ist er jung, aber der Welpenschutz ist vorbei. Er ist erwachsen, er kann nicht wie ein Wirbelsturm hereinkommen, alles zerstören und dann wieder verschwinden. Ich hab' ihm oben auf dem Dach versprochen, mich mit ihm zu treffen, aber wenn er sich so benimmt, fühle ich mich nicht mehr an mein Versprechen gebunden.«

Sie holte tief Luft.

»Ich mag Ferdinand, ich mag ihn wirklich, aber das geht zu weit. Ich weiß nicht, was er gedacht hat, vielleicht meinte er, dass ich eine Affäre mit Josh habe. Selbst wenn! Vielleicht wäre es das Beste, ihn in diesem Glauben zu lassen und getrennter Wege zu gehen. Ein klarer Schnitt und aus. Er hat zur Musik zurückgefunden, das ist schön und wichtig. Aber diese Obsession, die er mir gegenüber langsam entwickelt, die geht zu weit. Wenn er nicht begreift, was er mit mir in der Öffentlichkeit tut, dann kann ich ihn nicht mehr treffen. Ich will so etwas nicht noch einmal erleben.«

Sie hatte sich in Rage geredet.

»Tut mir leid.« entschuldigte sie sich bei dem Paar, das ihr höflich zugehört hatte. »Ich wollte nicht laut werden. Verzeiht bitte, eigentlich wollte ich mit Ferdinand sprechen, ihr könnt ja nichts dafür. Ich bin gestern zornig schlafen gegangen und heute zornig aufgewacht.«

»Ich denke, es ist nicht richtig, ihn anzulügen.« meinte Jacob ruhig. »Wenn er glaubt, du hättest einen Freund, wird er sich noch mehr reinhängen. Sag es ihm direkt, wenn du ihn nicht mehr sehen willst. Alles andere…«

»…ist unehrlich, das denke ich auch.« ergänzte Suzanne. »Gib ihm bitte die Chance, sich zu verabschieden.«

Silja trank einen Schluck von diesem herrlichen starken Kaffee, der sie von innen wärmte und ihre Nerven beruhigte. Jacob sah sie nachdenklich an.

Langsam begann er: »Warum kämp…?«

In diesem Moment riss Ferdinand die Tür auf.

»So, junger Mann, ich denke, ihr beide habt etwas miteinander zu klären.« sagte Jacob aufgeräumt und erhob sich.

Er ging mit Suzanne hinaus und ließ Silja mit Ferdinand allein. Sie schaute ihn lange an.

»Wieder nüchtern?« fragte sie dann.

Ferdinand war in der Nähe der Tür stehengeblieben.

»Jap.« sagte er kurz.

»Wie viel von unserer Unterhaltung hast du gehört?«

»Ab es sei nicht richtig, mich anzulügen.«

Siljas Zorn hatte sich längst gelegt. Ferdinands Eltern, der Kaffee und die ruhige Atmosphäre, die in diesem Haus herrschte, hatten sie besänftigt. Was blieb zu sagen?

»Es tut mir leid, dass ich mich gestern Abend nicht mehr bei dir gemeldet habe.« begann sie, anstelle von Vorwürfen. »Ich hab' mich auf der Rückfahrt von der Fortbildung sehr beeilt. Um zehn Uhr war ich vor dem *Beat Club*. Wir sind nicht mehr reingekommen, weil es zu voll war. Ich hab' von der Straße aus noch euer halbes Konzert gehört, auch den Song, den du komponiert hast.«

Ferdinand blickte aus dem Fenster. Seine Augen schimmerten feucht. Sie hatte ihn gehört. Sie hatte sein Lied gehört! Wenn er das gewusst hätte.

»Nach dem Konzert war es immer noch so voll, ich hab' mich nicht in den Laden getraut.« fuhr Silja fort. »Stattdessen sind wir in die *Bierliesl* gegangen, weil ich dachte, du hättest mittlerweile andere Pläne. Das war ein Fehler und es tut mir leid. Ich hätte mich bei dir melden sollen.«

»Wir sind nach dem Gig um die Häuser gezogen.« berichtete Ferdinand. »Ich hab' euch da drin sitzen sehen, wie du mit dem Typen geknutscht hast. Das hat mir so weh getan. Mir sind die Sicherungen durchgebrannt.« gab er zu. »Und es tut mir leid, dass ich die Gläser zerstört habe. Ich hätte gleich dem Typen eine reinhauen sollen.« schob er nach.

Silja tat, was sie immer tat, wenn sie mit Ferdinand nicht mehr weiter wusste: Sie sah ihm in die Augen. Diesmal erschrak sie über das, was sie sah. Denselben Schmerz, den sie auf dem Dach gesehen hatte, dieselbe Verzweiflung und das Gefühl von Einsamkeit. Sie konnte ihm nicht böse sein, er tat ihr leid, denn er litt.

»Wir haben nicht geknutscht.« sagte Silja leise und sah ihm weiter in die Augen. »Wir haben Bilder auf seinem Handy angeguckt.«

Ferdinand kam auf sie zu.

»Josh hat mir Fotos von seinem Leben in Peru gezeigt.«

Ferdinand trat immer näher, bis er direkt vor Silja stand. Die Verzweiflung und die Einsamkeit waren aus seinem

Blick gewichen. Er sank auf die Knie und griff nach Siljas Händen. Liebe stand wieder in seinen Augen.

»Warum schaust du mich immer so an?« fragte er sanft.

Silja lief ein Schauder über den Rücken.

»Weil ich in deinen Augen lesen kann.« flüsterte sie. »Ich habe das Gefühl, direkt in deine Seele zu sehen.«

»Verzeih mir.« wisperte er.

Silja nickte. Er zog ihre Hände zu sich und legte sie mit den Handflächen auf seine warme Brust.

»Jeden Herzschlag und jeden Atemzug denke ich an dich. Spürst du das?«

Sie nickte wieder, sie war wie bezaubert von diesem Mann, sie neigte sich ihm entgegen. Wer sagte denn, dass das nicht richtig war? Dies war das einzig Richtige auf der Welt. Er hielt ihre Hände auf seiner breiten Brust fest und blickte sie an.

»Du bist…« begann er.

Jemand riss die Wohnzimmertür auf. »Was macht ihr denn da?« fragte eine vorlaute Stimme. »Spielt ihr Romeo und Julia?« Amelie guckte neugierig hinein.

Silja zog ihre Hände zurück und lehnte sich nach hinten. Ferdinand blieb noch einen Moment in seiner knienden Position, dann stand er auf und setzte sich in einen Sessel. Es fiel ihm schwer, seine Gefühle zu besänftigen. Er hatte gespürt, dass sie etwas für ihn empfand.

»Können wir endlich gratulieren?« rief Amelie.

»Mach mal bitte die Tür hinter dir zu.« antwortete Ferdinand.

Amelie schnaubte, ging aber hinaus und schloss die Tür wieder. Silja stand verlegen auf.

»Ich gehe jetzt besser.«

Ferdinand erhob sich ebenfalls. »Besser ist es, wenn du bleibst.« sagte er sanft.

Sie öffnete die Arme. »Ich gratuliere dir jedenfalls ganz herzlich zu deinem Geburtstag.« Vorsichtig umarmte sie Ferdinand. »Alles Gute!« wünschte sie.

In diesem Moment drückte er sie an sich. Fest und warm und geborgen hielt er sie in seinen kräftigen Armen. Seine Nase senkte er in ihr Haar. Tief atmete er ihren Duft ein.

»Ich liebe dich.« flüsterte er. »Ich liebe dich so!«

Silja erwiderte wortlos die Umarmung. Ihre Körper berührten sich, verschmolzen zu einem einzigen, zu einer Säule inniger Versenkung. Lange standen sie so da. In diesen Armen war Frieden und einen Moment konnte Silja alles andere vergessen.

Doch dann siegte ihre Vernunft, und sie löste sich von ihm. Sie vermied es, Ferdinand in die Augen zu sehen, als sie sich verabschiedete, setzte sich in ihr Auto und fuhr davon. Auf dem ersten Autobahnparkplatz hielt sie an, legte die Arme auf das Lenkrad und den Kopf in die Arme.

»Was mache ich denn? Was mache ich denn?« murmelte sie.

Als sie wieder zu sich fand, fiel ihr ein, dass Ferdinands Geburtstagsgeschenk seit zwei Wochen hinten im Wagen lag. Sie startete den Motor und fuhr nach Hause.

Sie *durfte* ihn nicht lieben. Er war ihr Schüler, er war zu jung, er steckte in einer Krise und sie war alt, in einem anderen Lebensabschnitt und nicht in der Lage, den Kampf mit ihrem Gewissen und dem Spott von außen auf sich zu nehmen. Und all das waren keine Gründe, sie allein wusste, warum sie ihn nicht lieben durfte: Weil sie den Schmerz, den eine Trennung verursachte, so gut kannte, und weil sie Angst hatte, ihn noch einmal zu spüren.

Ferdinand und Silja trafen sich wie zuvor alle zwei Wochen, meist, um wandern zu gehen. Sie verloren kein Wort über den innigen Moment, den sie geteilt hatten.

Silja war genauso distanziert wie immer. Wenn sie draußen waren, unter sich, vergaß sie zwar schnell die Rolle, die sie vor ihren Gruppen spielte, legte das Überkorrekte, Entschiedene ab, das sie als Lehrerin so oft umgab, und war einfach eine Frau, die Zeit mit einem Freund verbrachte.

Mit Ferdinand konnte sie über so Vieles sprechen – und sie hörte ihm gern zu. Er war intelligent, und seine musikalische Begabung wurde von einer Fähigkeit sich zu hinterfragen begleitet, die sie begeisterte. Oft zeigte er sich auf ihren Wanderungen von seiner nachdenklichen Seite, knobelte gemeinsam mit ihr an philosophischen Gedanken und diskutierte sie, bis er für sich eine Lösung fand. Hier lernten sie sich wirklich kennen.

Emotional und körperlich aber ließ Silja bei Ferdinand keinen Zweifel daran aufkommen, dass es eine platonische Freundschaft war, die sie beide verband. Sie blieb auf Distanz und er respektierte das.

»Klar kriegst du sie rum. Bei so einem jungen, sexy Körper wird sie irgendwann schwach, das ist sicher.« meinte Roger.

Ferdinand hing bei ihm auf der Couch. Er hatte von Silja und der Umarmung an seinem Geburtstag erzählt – und davon, was danach passiert, oder besser gesagt, eben nicht passiert war. Er hatte endlich einmal mit jemandem über Silja sprechen müssen. Es dämmerte ihm jedoch langsam, dass sein bester Kumpel dafür nicht unbedingt der richtige Gesprächspartner war.

Roger nahm einen Schluck von seinem Bier und fügte hinzu: »Die Frage ist nur, was hast *du* davon? Oder stehst du etwa auf so alte, verschrumpelte...?«

Er konnte seine Frage nicht beenden. »Sie ist *nicht* alt oder verschrumpelt.« fiel ihm Ferdinand laut ins Wort. »Und ich hab' mir das nicht ausgesucht. Ich bin ihr begegnet und es ist passiert. Ich kann nichts dagegen tun. Mann, ein ganzes Jahr hab' ich dagegen angekämpft. Es ist immer heftiger geworden.«

Sein Freund betrachtete ihn mitleidig.

»Und wenn du mal mit einer aus deinem Semester ausgehst?« schlug er vor. »Vielleicht kommst du auf andere Gedanken.«

»Ich hab's probiert. Das gibt mir nichts. Ich denke die ganze Zeit an sie. Meine Kommilitoninnen interessieren mich nicht, und wenn sie noch so heiß aussehen.«

»Auch wenn sie es jetzt nicht ist, irgendwann ist sie alt. Und du bist dann noch jung.« stellte Roger nüchtern fest.

»Du bist so oberflächlich. Darum geht es gar nicht.«

Roger zeigte ihm deutlich, welche Vorurteile die Außenwelt ihm entgegenbrachte – und, sollte er sie jemals leben können, auch seiner Liebe entgegenbringen würde.

»Hast du überhaupt schon mal geliebt?« fragte er seinen Kumpel.

Roger lachte. »Schon oft.«

»Pah!« schnaubte Ferdinand verächtlich. »Du warst vielleicht geil oder verliebt, aber was Liebe wirklich bedeutet, weißt du nicht.«

»Dann sag's mir.«

»Das begreifst du erst, wenn du es selbst erlebst. Nur, so wie du drauf bist, wirst du es nie erleben. Du konsumierst bloß, du gibst nicht.«

»Du laberst einen Scheiß.«

Ferdinand starrte seinen Freund an. Wie sollte der begreifen, was er sagte? Er fühlte sich Lichtjahre von ihm entfernt, als könne er genauso gut mit einer Wand reden. Was begriff der andere schon von echten Gefühlen und dem sicheren Wissen, das Richtige zu tun? Was verstand er vom Wert einer Entscheidung?

»Sie ist die Richtige für mein Leben.« sagte Ferdinand mehr zu sich selbst. »Und ich bin der Richtige für ihres, wenn sie mich lässt. Vielleicht gesteht sie es sich nur nicht ein. Sie hat es genauso wenig geplant wie ich, aber es passiert ihr gerade.« überlegte er.

Entschlossen griff er nach dem Gamepad. »Lass uns zocken!« Er grinste Roger an.

»Besser ist das.« meinte Roger und startete das Videospiel aus dem Pausenmodus.

»Silja, weißt du was?« fragte Amelie, als sie etwa vier Wochen nach Ferdinands Geburtstag zu dritt in Siljas Klapperkiste saßen, um zum Weihnachtsjahrmarkt in die nächstgrößere Stadt zu fahren.

»Nein, was denn?«

»Ferdinand ist verliebt.« sagte Amelie.

»Ach ja?« fragte Silja unbestimmt.

»Ja, er hat sich stundenlang die Haare gekämmt und den Bart mit so einem Zeug eingeschmiert.«

»Dann ist er auf jeden Fall verliebt.« meinte Silja lächelnd.

»Ja, aber er sagt mir nicht, in wen.«

»Muss er ja auch nicht.«

»Sicher irgendeine blöde Tussi aus seinem Studium. Eine doofe Ziege. Seine letzte Freundin war auch total eingebildet. *Ich kann mich hier nicht hinsetzen, ich könnte mein Kleid schmutzig machen.*« sagte sie mit verstellter Stimme. »So war die.«

»Du hast sie aber auch immer genervt.« erwiderte Ferdinand.

»Hab' ich nicht. Außerdem war ich noch klein.« rief Amelie. Nach einer Pause fügte sie hinzu: »Jetzt will er sie auf dem Jahrmarkt treffen und sie küssen.«

»Wirklich?« fragte Silja und wusste nicht, was sie außerdem sagen sollte.

»Ja, und auch noch andere Sachen.«

Ferdinand polterte auf Französisch los.

»Silja kann nicht gut Französisch, du darfst nicht Französisch sprechen.« erwiderte die kleine Schwester.

»Doch.« und er ergänzte wieder etwas in ihrer Muttersprache.

»Stimmt doch,« beharrte sie trotzig. »ich hab' gefragt: *Willst du sie küssen?* Und du hast *ja* gesagt und dann hab' ich gefragt: *Und auch noch andere Sachen?* und du hast gesagt, wenn du kannst, willst du auch noch andere Sachen mit ihr machen.«

Ferdinand wandte sich mit roten Ohren zu ihr um. »Musst du das jedem erzählen?«

»Ich erzähle es nicht jedem, ich erzähle es Silja. Sie gehört schon zur Familie.«

»Du bist so peinlich.« Er starrte genervt aus dem Fenster.

»Bin ich nicht. Silja, bist du auch verliebt?«

Sie zögerte.

»Das ist privat.« antwortete sie dann.

»Warum privat?« fragte Amelie.

Ferdinand übersetzte. Seiner wortreichen Ausführung nach zu urteilen, nutzte er die Gelegenheit, um Amelie noch ein paar Grobheiten zu sagen.

»Weil Silja nicht möchte, dass so ein Käfer wie du alles herumtratscht.« fasste er auf Deutsch zusammen.

»Öhm, so war das nicht gemeint.« warf Silja ein.

»Aber ich find's gut, dann sind wir ihn los und wir zwei können in Ruhe über den Weihnachtsmarkt bummeln.« meinte Amelie zu Silja.

»Ich dachte, wir gehen alle zusammen.« antwortete sie.

»Ich will aber nicht mit seiner blöden Tussi über den Markt.«

»Vielleicht ist sie auch ganz nett.«

»Glaub' ich nicht.«

»Außerdem sind wir nicht zusammen.« korrigierte Ferdinand. »Noch nicht.« schob er selbstbewusst hinterher und lächelte Silja zu.

Sie errötete.

»Du hast gesagt, du bist verliebt und du wirst mit *ihr* über den Jahrmarkt gehen.« erinnerte Amelie.

»Werd' ich auch.«

»Haben wir noch ein anderes Thema?« fragte Silja, der es langsam zu viel wurde. »Wenn euch nichts anderes einfällt, frage ich, wie es in der Schule läuft.« drohte sie.

Siljas Telefon klingelte.

»Hi, was machst du morgen?« fragte eine fröhliche Stimme mit französischem Akzent.

»Hallo Amelie.« antwortete Silja. »Weiß nicht. Bisher hab' ich nichts geplant.«

»Komm doch zu uns, wir machen einen Weiberabend. Meine Tanten und meine Cousinen kommen und meine Mutter ist da, und du und ich. Wir wollen kochen und romantische Filme gucken und Tante Laurie zeigt uns ihre neusten Kleider, sie schneidert selbst, weißt du?« plapperte sie.

»Papa ist weg zu einer Tagung und Ferdinand ist in Weißderkuckuck hinterm Berg, und hört schon wieder diese komische Jazzband. Er ist voll der Groupie geworden. Kommst du? Du kannst oben pennen, dann kannst du Wein trinken.«

Silja lachte. Amelies Begeisterung war so ansteckend.

»Ich komme gern. Wann geht's los?«

Das Haus Sommerlich war schon längst zu ihrer zweiten Heimat geworden. Als Silja wieder einmal in Richtung Frankreich aufbrach, fühlte sie sich, als würde sie nach Hause fahren.

Sie hatte ein paar Flaschen Rotwein besorgt und freute sich auf den Abend. Zum Glück sprachen die Tanten alle Deutsch. Trotzdem hatte sie das Gefühl, dass sie langsam ihr Französisch abstauben und in einem Sprachkurs aufpolieren sollte.

Eine schlanke Dame im elegantesten Kleid, das Silja je aus der Nähe gesehen hatte, öffnete ihr die Tür. Sie kniff ein Auge zu und musterte Silja. Dann lächelte sie und fragte: »Prosecco, liebe Silja?«

»Gern.« lachte sie und nahm das Glas entgegen. »Du musst Tante Laurie sein.«

»Komm rein!« rief Laurie und senkte die Stimme, um vertraulich zu flüstern. »Aber an deinem Stil müssen wir noch arbeiten. Ein schönes Kleid, das deine schlanke Linie betont – die Männer werden Augen machen, ohlala!« Sie schnalzte mit der Zunge.

Silja schüttelte sich vor Lachen, denn Laurie spielte alle Stereotype aus.

Es stellte sich bald heraus, dass *Sie schneidert selbst* eine ziemliche Untertreibung gewesen war. Laurie war Modedesignerin und entwarf unter anderem Kleider, in denen Mannequins über die großen Laufstege der Welt schritten. Sie arbeitete für ein Modelabel in Paris und hatte ein paar Tage Urlaub genommen.

Neben den beiden Tanten, die Silja schon kannte, waren diesmal auch ein paar Cousinen von Amelie da. Sie waren zwischen zwölf und zwanzig Jahren alt und sehr aufgekratzt.

In der Küche wurde bereits eifrig geschnippelt, gebrutzelt und gebacken. Die ersten Flaschen Prosecco waren aufgeteilt und die Laune großartig. Silja bekam die Aufgabe, einen *ordentlichen deutschen Kartoffelsalat* zuzubereiten, wie Laurie es ausdrückte.

Sie widmete sich dieser verantwortungsvollen Aufgabe mit Hilfe von einigen Cousinen Amelies. Zur Förderung der deutsch-französischen Freundschaft würzten sie das Meisterwerk abschließend mit einer Prise Herbes de Provence.

»Natürlich gibt es auch noch andere Möglichkeiten der interkulturellen Verbindung.« säuselte Laurie und zwinkerte Silja zu.

Die wurde rot und starrte sie an. Hatte etwa Amelies Mutter irgendwas über Ferdinand…? Suzanne beugte sich gerade über einen dampfenden Kochtopf.

»Oh, ich habe einen so tollen Stoff entdeckt!« rief Laurie eine Sekunde später. »Der ist herrlich, ich muss ihn euch gleich zeigen.«

Im Wohnzimmer war der Esstisch verlängert worden. Jetzt wurde er festlich gedeckt und mit Dekorationen versehen. Als das vollendet war, bestaunten sie gemeinsam ihr Kunstwerk, es war fast zu schön, um Platz zu nehmen.

Das Essen war mehr als üppig und der Rotwein ausgezeichnet. Alle ließen es sich schmecken und genossen die heitere Stimmung. Obwohl es fast nur Familie war, fiel kein böses Wort. Aber Neckereien wurden in alle Richtungen ausgeteilt, manche davon waren für Siljas Geschmack ganz schön derb. Immerhin waren einige der Mädchen noch minderjährig…

Nachdem sie zusammen für etwas Ordnung gesorgt hatten, stellte Laurie die älteren Cousinen als Models ein und ließ sie ihre neusten Kreationen vorführen. Sie erntete eine Menge Ohs und Ahs für ihre wunderschönen Schnitte, Stoffe und Ideen. Silja war hingerissen – wenn sie sich auch selbst nie in einem solchen Traum aus Luft und Farben sehen würde, weil sie zu burschikos war und keinen Anlass kannte, ihn zu tragen.

Anschließend machten sie es sich vor dem Fernseher gemütlich. Wer auf dem Sofa oder den Sesseln keinen Platz fand, kuschelte sich auf dem Teppich in Kissen und Decken.

Die schmalzige Komödie wurde mit viel Gelächter, zahlreichen Kommentaren und massenweise Taschentüchern durchlebt. Tante Elaine schluchzte besonders herzergreifend.

»Aber Tantchen, das ist doch nur ein Film.« versuchte Amelie sie mit Tränen in den Augen zu trösten.

»Ich weiß doch, Liebes. Aber ich hab' mir vorhin nach dem Zwiebelschneiden die Finger an meinem Taschentuch abgewischt, und jetzt habe ich versucht, meine Tränen damit zu trocknen.«

Silja stimmte in das herzliche Gelächter mit ein.

Nach dem Film verlagerten sich die älteren Damen in die Küche, wo sie sich über ein weiteres Lieblingsthema – ihre Männer – austauschten. Silja blieb mit den jungen Leuten im Wohnzimmer, wo es noch einen Nachschlag in Sachen romantischer Komödie gab.

Später in der Nacht ließen sich Tante Elaine und Tante Gisèle von ihren Ehemännern abholen. Sie nahmen auch den ganzen Schwung Cousinen mit. Laurie bezog das Gästezimmer und Silja stieg wieder einmal in Ferdinands Zimmer hinauf, wo sie sich müde und glücklich ins Bett fallen ließ.

Wenige Stunden später – alle schliefen tief und fest – öffnete sich leise die Haustür und Ferdinand trat ein. Er roch zwar die Überreste des Festes, den Essensgeruch und den Weindunst, aber er war zu müde, um dieser Wahrnehmung Beachtung zu schenken. Wegen eines Unwetters waren die weiteren Konzerte der Band abgesagt worden, darum war er früher zurück als geplant.

Aus dem Wohnzimmer hörte er lautes Schnarchen. Ohne Licht zu machen und auf Strümpfen schlich er die Treppen hinauf in sein Zimmer.

Im Dämmerlicht des grauenden Morgens sah er, dass sein Bett belegt war. Er erstarrte, als er erkannte, wer es war.

Sie lag in seinem Bett. Silja hatte das Gesicht zum Fenster gedreht und sah so anmutig und friedlich aus, so zart und schutzbedürftig, dass er sie am liebsten in den Arm genommen hätte. Mehrere Minuten verharrte er still und betrachtete sie liebevoll. Dann drehte er sich um und ging leise hinaus. Er würde eben im Gästezimmer…

Hier blieb er bereits vor der Tür stehen, denn von drinnen erklangen ebenfalls Schnarchgeräusche. Es war alles besetzt. Wie von selbst trugen ihn seine Beine zurück in sein Zimmer. Leise schloss er die Tür.

Silja hatte sich ganz auf die eine Seite des Bettes gekuschelt. Wenn er sich auf der anderen Seite…? Er wollte nur ein paar Minuten neben ihr liegen und sie anschauen. Dann würde er in die Küche gehen und sich einen starken Kaffee machen. Langsam und vorsichtig legte er sich auf der freien Seite ins Bett. Wie friedlich und sanft Silja wirkte. Eine Strähne lag quer über ihrem Gesicht und kräuselte sich auf ihrem Hals…

Oh je, war er eingeschlafen? Er hatte sie doch nur ansehen wollen. Er spürte ihren Körper warm und weich an seinem, schon bevor er die Augen öffnete. Sein Puls beschleunigte sich. Verdammt, er war im Schlaf zu ihr gerutscht.

Vorsichtig wollte er sich zurückziehen, doch er lag noch immer ganz an der Bettkante. *Sie* hatte sich an *ihn* gekuschelt. Ihr Gesicht lag an seiner Brust und eine Hand auf seiner Taille.

Er hörte sein Herz so laut und schnell schlagen, dass er befürchtete, sie würde davon aufwachen, aber sie atmete tief und regelmäßig. Wie nah sie ihm plötzlich war! Wie weich und anschmiegsam sie sich anfühlte.

Silja träumte. Sie ging im Park spazieren und an den Bäumen hingen Aufgabenblätter. Sie musste nur ein paar davon pflücken und konnte direkt mit dem Unterricht beginnen, der unter einer alten Eiche stattfand. Die Gruppe wartete schon.

»Sie sind heute zu spät.« sagte einer der Studenten streng und zeigte auf eine riesige Uhr, die am Baumstamm hing.

»Nach der Gruppenarbeit kontrollieren wir die Hausaufgaben.« antwortete Silja.

Dann war das Freilichtklassenzimmer plötzlich verschwunden und Ferdinand kam durch den Sonnenschein auf sie zu. Er nahm sie bei der Hand und sie gingen durch den Park, an einem Bach entlang zu einer Wiese. Sie legten sich in die Sonne, ins hohe Gras, ganz dicht nebeneinander. Es war warm und die Sonne blendete Silja so grellweiß, dass sie sich abwenden musste. Sie kuschelte sich an Ferdinand und er legte einen Arm um sie. Wie geborgen sie sich fühlte. Und wie er duftete! Tief atmete sie ein.

Sie wandte ihm das Gesicht zu, um in seine Augen zu blicken. *Ich liebe dich*, sagten sie. *Und ich liebe dich!*, dachte Silja. *Wie schön, dass wir hier zusammen sein können, denn im wirklichen Leben werden wir nie…*

Als Silja ihre wunderschönen dunklen Augen aufschlug, blickte er sie liebevoll an. Ihr Blick berührte ihn zutiefst, denn sein Gefühl inniger Liebe spiegelte sich in ihren Augen wider. Nie zuvor hatte er dies sehen dürfen. Und mehr noch: Ihr Blick sagte ihm, wie glücklich sie mit ihm war. Wie gern wollte Ferdinand diesen kostbaren Moment noch lange, lange auskosten, doch er währte nur einen kurzen Wimpernschlag.

Plötzlich durchfuhr Silja ein Ruck und anstelle der Liebe trat ein Ausdruck heftigen Erschreckens und dann Entsetzen. Sie zuckte zurück, blickte auf ihren Pyjama, rollte sich auf die andere Seite des Bettes und sprang hinaus. Hastig raffte sie ein paar Kleidungsstücke zusammen.

»Silja, bitte…!« bat Ferdinand.

»Ich glaub', ich spinne!« sagte sie heftig. »Das kann doch nicht wahr sein.«

Damit verließ sie das Zimmer. Er hörte, wie sie sich im Bad einschloss und drehte sich auf den Rücken. Er legte eine Hand über die Augen. Warum nur? Warum war sie geflohen? Ihre Blicke hatten doch alles gesagt, es war alles klar zwischen ihnen... Dachte er.

Ferdinand erhob sich und ging über den Flur zum Bad. Er musste mit ihr sprechen. Leise klopfte er an die Tür.

»Silja?« fragte er mit gedämpfter Stimme.

Sie öffnete nur einen Augenblick später, schob ihn zur Seite und wollte an ihm vorbei. Er griff nach ihrer Hand.

»Lass mich los!« rief sie und machte sich frei.

»Bitte bleib! Nur eine Minute. Ich will dir...« setzte er zu einer Erklärung an.

»Nein, lass mich! Endlich! In Ruhe!« flehte sie gepeinigt.

Ihre Heftigkeit verletzte ihn. Sie rannte die Treppen hinunter und aus dem Haus. Die Tür fiel hinter ihr ins Schloss. Ferdinand schlug mit der flachen Hand kräftig gegen die Wand. Am liebsten hätte er laut geschrien. Dieser Blick, als sie in seinem Arm aufwachte! Aber dieses Entsetzen, als ihr Bewusstsein zurückkehrte.

Und er? Sein Verhalten war übergriffig gewesen. Was hatte er sich nur dabei gedacht, sich einfach zu ihr zu legen? Er musste sie aufhalten, sich bei ihr entschuldigen.

War sie mit dem Auto da? Er stürzte die Treppen hinab, rannte aus dem Haus und über die Einfahrt. Er sprintete die Straße entlang, erst in die eine, dann in die andere Richtung, um die Parkplätze abzusuchen. Aber ihr Wagen war nirgends mehr zu sehen. Enttäuscht blieb er mitten auf der Fahrbahn stehen.

Ihr Blick war voller Zärtlichkeit und Liebe gewesen, bevor sie begriffen hatte, dass sie nicht mehr träumte. Er kannte jetzt ihre wahren Gefühle für ihn. Trotzdem schämte er sich für sein Verhalten.

Langsam ging er ins Haus zurück. Sein Vater stand im Schlafanzug in der offenen Wohnzimmertür.

»Was ist passiert?« fragte er.

»Nichts, ich geh' wieder schlafen.«

»Für nichts war hier aber ganz schön viel Lärm, Sohn.«

»Es war ni…«

»Silja ist aus dem Haus gerannt und hätte beim Ausparken fast das Gartentor gerammt. Also was war da los?«

»Ich hab' mich zu ihr ins Bett gelegt.« murmelte Ferdinand.

»Du hast was?«

»Ja, sie hat geschlafen und ich…«

»Sag mal, hast du sie noch alle? Was hast du getan?«

»Nichts!« schrie Ferdinand zornig. »Ich habe nichts getan! Genau so hab' ich neben ihr gelegen.« Er wies auf seine vollständige Bekleidung. »Kann man so jemandem etwas antun? Was denkst du überhaupt von mir?«

»Ich denke, ich hätte dir welche hinter die Löffel geben sollen, als du klein warst! Das ist übergriffig, egal was du getan oder nicht getan hast. Und so etwas gibt es in meinem Haus nicht! Merk dir das!«

Nun kam seine Mutter die Treppe hinunter und auch Tante Laurie in ihrem Morgenmantel konnte er oben auf dem Treppenabsatz sehen. Mussten denn immer gleich alle ihre Nasen in seine Angelegenheiten stecken?

»Ich hab' sie nicht ange…«

Doch, er hatte einen Arm um sie gelegt, während er geschlafen hatte, aber das spielte überhaupt keine Rolle.

»Wie wäre es mit einem Kaffee?« fragte seine Mutter ruhig und ging an den beiden Streithähnen vorbei in die Küche.

Jacob und Ferdinand starrten sich feindselig an. Schließlich folgten sie ihr.

»Nehmt einen trockenen Haferkeks dazu, der saugt die Wut auf.« ergänzte Suzanne, als sie allen von dem schwarzen Gebräu einschenkte, und wies auf die Schale mit dem Gebäck.

»Sie liebt mich.« sagte Ferdinand verzweifelt. »Ich weiß es genau, ich habe es gesehen.«

Jacob seufzte und biss noch einmal in seinen Keks. »Das wissen wir alle.« sagte er dann.

Ferdinand schaute ihn erstaunt an.

»Das heißt aber nicht, dass du ihr zu nahe treten darfst.« fügte Jacob sauer hinzu.

»Ich ziehe wieder aus.« sagte Ferdinand. »Ich brauche eine eigene Wohnung.«

»Und wie willst du die finanzieren?« fragte Jacob.

»Ich such' mir irgendeinen Job.«

»Ferdinand, du bist Musiker! Du hast so eine unglaubliche Begabung. Wirf das nicht weg.« bat Suzanne.

»Ich rufe Silja an.« beschloss Jacob und ging auf den Flur. Aus der Küche hörten sie, wie er ihr auf die Mailbox sprach.

»Was mischst du dich da ein?« brauste Ferdinand erneut auf, als sein Vater wieder am Küchentisch Platz nahm. »Das geht dich gar nichts an.«

»Was ist passiert?« fragte Amelie, die plötzlich auch noch in der Tür auftauchte. »Warum seid ihr schon zurück?«

»Es gibt Sturm.« antworteten die beiden Männer wie aus einem Mund.

Amelie drückte ihrem Vater einen Kuss auf die Wange.

»Was ist denn?« fragte sie und blickte unsicher vom einen zum anderen.

Vater und Sohn blickten sich böse an.

»Ferdinand hat Silja ein bisschen erschreckt.« erklärte Suzanne mild. »Darum ist sie schon nach Hause gefahren.«

Ferdinand bemerkte die abwartenden Blicke seiner Eltern und verdrehte die Augen.

»Ich wollte mich nur kurz neben sie legen und sie ansehen. Aber dann bin ich eingeschlafen.«

»Wieso wolltest du sie ansehen, du weißt doch, wie sie aussieht?« fragte Amelie verwundert.

»Geh wieder schlafen!« herrschte Ferdinand sie an und setzte seine Schilderung fort: »Im Schlaf hat sie sich zu mir gedreht. Und als sie aufgewacht ist, hat sie sich erschreckt.« schloss er.

»Kein Wunder bei deinem hässlichen Bart.« sagte Amelie.

Ferdinand legte seine Arme auf den Küchentisch und den Kopf in die Arme. »Ich ziehe in eine WG.« stöhnte er. »Das ist nicht so teuer. Ich kann Geld mit Gigs verdienen, und ich besorge mir einen Job. Ich halte es nicht aus.«

»Vielleicht hört es auf, wenn wir uns nicht mehr sehen.« sagte Silja und putzte sich die Nase. Sie saß im Jogginganzug auf ihrem Bett und zerfledderte Papiertaschentücher. Ein ganzes Trümmerfeld an weißen Schnipseln lag um sie herum.

»Was ist passiert?« fragte Hilda, als sie mit ihrem dampfenden Tee im Sessel Platz nahm.

Wenn nichts mehr half, dann kam die beste Freundin zum Einsatz. Silja hatte viel zu lange alles für sich behalten, doch jetzt hatte sie Hilda gebeten, vorbei zu kommen.

»Was ist mit diesem Mann?« fragte sie.

Silja seufzte tief und schniefte. Dann berichtete sie, wie sie Ferdinand kennengelernt hatte, und alles, was danach passiert war.

»Ich darf ihn nicht lieben, verstehst du?« sagte sie. »Er ist einer meiner Studenten. Er ist zu jung. Ich darf nicht.«

»Wie alt ist er denn?«

Silja sagte es ihr.

Hilda lächelte. »So wie du es beschrieben hast, klang es wesentlich dramatischer. Mein Gott, er ist zweiundzwanzig.

Er ist Single, er liebt dich, du liebst ihn. Worauf wartest du? Mach kein Drama draus. Schnapp' dir den Mann.«

»Aber er…«

»Vergiss die Leute, die reden immer. Er lernt doch gar nicht mehr bei dir, oder? Seit Monaten studiert er an der Akademie, er ist nicht mal mehr an deiner Hochschule. Und nein, es hört nicht auf, wenn ihr euch nicht mehr seht.«

»Ich schäme mich, dass ich so ein Theater gemacht habe. Wer weiß, was er sich heute Morgen von den anderen anhören musste.« murmelte Silja schwach.

»Silja – du gehörst schon zur Familie! Niemand ist gegen eure Beziehung.«

»Die wissen doch gar nichts davon.«

»Die sind doch nicht blöd. Ich wette, alle wussten es, bevor du es selbst wusstest.«

»Was soll ich denn jetzt machen?«

Hilda bemutterte Silja noch eine Weile. Dann fuhr sie nach Hause, um ihren Schnupfen auszukurieren, aber sie ließ eine Grippe da, und Silja wurde so krank, dass sie eine Woche das Bett hüten musste.

Als sie wieder auf den Beinen war, fiel es ihr schwer, zu ihrer alten Form zurückzufinden. Ihre Kurse waren anstrengender als sonst und sie erschienen Silja farblos. Sie schämte sich, weil sie Ferdinand bloßgestellt hatte und weil sie sich ihre Gefühle nicht eingestehen konnte. Sie glaubte noch immer, dass es mit Abstand besser und einfacher würde.

Ferdinand ging es nicht gut. Zwar war er schon vor vier Wochen in eine WG gezogen, aber es war eine chaotische Bude, in der sich der Abwasch der vergangenen Wochen, der Schmutz in den Ecken und die vollen Müllbeutel stapelten. In der Küche standen immer Gefäße mit alten Kippen und einer der Mitbewohner trampelte grundsätzlich mit seinen dreckigen Winterschuhen durch alle Gemeinschaftsräume, bevor er sie sorgfältig vor seiner eigenen Zimmertür abstellte.

Der einzige Vorteil war, dass Ferdinand so viel Bass spielen konnte, wie er wollte, weil sich niemand daran störte. Er hatte sich einen Job als Bühnenarbeiter in einem Theater besorgt, aber der brachte nicht viel ein. Immerhin verdiente er sich ein paar Euro dazu und konnte eine Menge überschüssige Kraft loswerden.

Ferdinand hatte nichts mehr von Silja gehört und auch seine Eltern hatten vergeblich versucht, sie zu erreichen. Er war unausgeglichen und jähzornig, um zu verbergen, dass er eigentlich ängstlich, besorgt und verzweifelt war, wenn er an Silja dachte – und das tat er meist. Dennoch spürte er unter allem, was er fühlte und tat, ein Feuer, das ihn trug und antrieb.

Die Werktage verbrachte er in der Jazzakademie, und sooft er konzentriert musizierte, trieb ihn seine Leidenschaft zu immer besseren Leistungen und immer größerer Virtuosität an. Die Musik war wie ein starker, gleichmäßiger Strom mit ständig wechselnden Ufern. Sobald er sich auf ihn begab, wurde er von der Strömung erfasst und davongetragen.

Ab und zu versuchte er, Silja zu erreichen, und manchmal hoffte er, dass sie sich bei ihm meldete. Zwei lange Monate waren seit jenem Zwischenfall vergangen. Mehrfach war Ferdinand kurz davor gewesen, zu ihr zu fahren, aber er dachte an den Schmerz, den ihre Zurückweisung ausgelöst hatte, und an das Entsetzen in ihren Augen. Er konnte das nicht noch einmal sehen.

In dieser Zeit trat er ein, zweimal mit seiner neuen Band auf und hatte auch den einen oder anderen Gig mit einem klassischen Ensemble. Außerdem komponierte er Jazznummern, wenn er in der Akademie war. Seit Wochen arbeitete er an einem Song für Silja. *Schließ meinen Himmel auf* sollte er heißen und alles umfassen, was sie ihm bedeutete, was ihn mit ihr verband.

Der Titel war ihm zusammen mit der Hauptmelodie ganz zu Anfang eingefallen. Immer wieder hatte er eine neue Idee für das Lied, die eine andere ersetzte. Er stellte um, glättete, führte musikalische Gedanken zu Ende. Schließlich war er mit den Instrumentalparts fertig. Einen Text brauchte die Nummer nicht, denn die Stimmen der Instrumente sagten alles, was gesagt werden musste.

Eine Woche später versuchte er wieder einmal vergeblich, Silja anzurufen. Ihr Handy klingelte genau sieben Mal, bevor ihre Mailbox dranging.

In seinem Liebeskummer wurde er so zornig, dass er sich mit seinen Mitbewohnern zerstritt. Er zog spontan für eine Woche in seinem Proberaum ein, dann wurde glücklicherweise in einer WG von Kommilitonen etwas frei.

Silja war rastlos. Sie vermisste ausnahmslos alle Familienmitglieder der Sommerlichs. Mit Amelie hatte sie ein-, zweimal kurz telefoniert und ein paar Nachrichten ausgetauscht. Die Kleine hatte sich Sorgen gemacht, weil sie die Frau, in die Ferdinand verliebt war, als blöde Tussi bezeichnet hatte. Silja hatte ihr klarmachen können, dass ihr das gar nichts ausmachte. Im Stillen gab sie Amelie sogar recht, sie war genau das: eine blöde Tussi, die nicht zu ihren Gefühlen stehen konnte.

Wieder einmal packte Silja im Kursraum genervt ihre Materialien zusammen. Sie hatte gerade einen Anfängerkurs gehabt und Nebensätze mit Fragewörtern erklären sollen. Bei ihrer Erklärung hatte sie sich verfranst, viel zu viele Worte gebraucht, neu angesetzt und alle verwirrt – inklusive sich selbst.

Auch im dritten Anlauf war es ihr nicht gelungen, die Satzstruktur deutlich zu machen. Schließlich hatte sie den Kursteilnehmern einfach Übungsblätter vorgelegt, in der Hoffnung, sie würden an den Beispielen schon sehen, wie es funktionierte.

Sie stützte die Ellenbogen auf ihren chaotisch mit Papieren, Kärtchen und Stiften übersäten Tisch. Dann verbarg sie das Gesicht in den Händen. So ging es nicht weiter. Sie musste irgendetwas tun. Sie hatte sich doch längst entschieden, jetzt musste sie nur noch einen Weg finden, mit Ferdinand zu sprechen – und sich bei ihm zu entschuldigen.

Silja stopfte alle Aufgabenblätter in ihre Tasche und pfefferte die Stifte für die Tafel in den Schrank. Noch heute würde sie nach Frankreich fahren und ihn vor dem Haus abpassen. Sie würde nur kurz ihre Sachen nach Hause bringen und etwas essen.

Ihr Auto röhrte mitleiderregend, als sie den Motor startete. Der Werkstatttermin war längst überfällig. Es war überhaupt fraglich, ob es der Wagen noch einmal durch den TÜV schaffte.

Nach ein paar Minuten erklangen die Motorengeräusche zu Siljas Erleichterung gleichmäßiger. Sie hatte ein schlechtes Gewissen gegenüber ihrem Anfängerkurs – wie konnte sie das, was sie heute verbockt hatte, wieder ins Lot bringen? Es war ja wirklich kein schwieriges Thema gewesen. Morgen würde sie fokussiert in wenigen Worten die Struktur erläutern, wie sie es schon dutzende Male zuvor getan hatte, und dann zum nächsten Thema weitergehen. Sie bog in ihre Straße ein.

Als nächstes standen Verben mit Präpositionen auf dem Programm – inklusive Fragewörtern. Das war wesentlich komplexer. Silja suchte sich einen Parkplatz und ging die paar Meter zu ihrer Wohnung.

Die Verwendung der dazugehörigen Indefinitpronomen verstand allerdings fast niema… Vor dem gegenüberliegenden Nachbarhaus luden ein paar Leute Bandequipment aus einem gemieteten Sprinter.

Sie musste wieder an Ferdinand denken. Wie sollte sie es anstellen, ihn zu treffen? Vielleicht war er gerade in Frankreich unterwegs, um Unterricht bei Micha zu nehmen? Sie sollte zunächst anrufen, aber dann müsste sie sich am Telefon erklären. Sie könnte ihm auch eine Textnachricht schicken und sich ankündigen.

In ihrer Wohnung war es stickig und sie öffnete die Fenster. Schnell machte sie sich ans Kochen – Nudeln mit Tomatensoße mussten ausreichen.

Sie würde Ferdinand nachreisen, denn wo auch immer er sich gerade aufhielt, sie *musste* heute noch mit ihm sprechen. So ging es nicht weiter. Sie dachte an all die Patzer, die sie in den vergangenen Wochen verursacht hatte. Sie war vergesslich und unkonzentriert, übersah Fehler und korrigierte, wo es keine gab. Sogar ihre Kollegen wunderten sich über ihre unsachlichen Gesprächsbeiträge.

Die Nudeln waren gerade fertig, als sie Musik von draußen hörte. Livemusik – von einer Jazzband. Silja kannte das Lied nicht, aber es berührte sie. Sie schaltete den Herd aus und ging in ihr Wohnzimmer, um auf die Straße zu blicken.

Es war Ferdinand, er und seine Band standen auf dem Gehweg der gegenüberliegenden Straßenseite und spielten diesen Song. Sie warf nur einen kurzen Blick auf die Combo und drückte sich dann neben dem Fenster mit dem Rücken an die Wand.

Tränen traten in ihre Augen, während sie der Musik lauschte. Ferdinand legte ihr hier sein Herz zu Füßen, betrauerte ihre Ablehnung, verzweifelte, durchlebte die dunkelste Phase seines Lebens und schwang sich dann auf in eine hoffnungsvolle Passage, die bald sanft, bald virtuos, bald rau und dann zärtlich klang. Ihr folgte ein Bruch und für einen atemlosen Moment pausierte die ganze Gruppe.

Dann wand sich aus dem Einsatz aller Instrumente der Bass mit einem ruhigen Strom an Tönen heraus, und Silja hatte das Gefühl, von dieser Melodie nie genug hören zu können. Immer und alle Zeiten würde sie sie hören wollen, immer wissen wollen, wie sie weiterging. Über dem Bass erklang eine Violine, und es schien ihr, als rufe sie ihren Namen. Siil-jaa, Siil-ja!

Sie wischte sich die Tränen von den Wangen und ging entschlossen nach draußen. Sie würde es klären, jetzt sofort.

Ferdinand blickte seine Bandmitglieder an. Sie führten die Improvisation fort, die sie zuvor abgesprochen hatten, um das Lied ein paar Minuten zu verlängern. Noch hoffte er auf eine Reaktion von Silja. Er wusste, dass sie zu Hause war, er hatte sie ankommen sehen.

Hoch oben aus dem Nachbarhaus, vor dem sie spielten, war die Stimme eines Betrunkenen zu hören: »Ist da bald Schluss mit dem Lärm?« rief er.

Kurz darauf traf Ferdinand etwas am Kopf.

»Oh-oh,« sagte im gleichen Moment der Pianist, der für diesen Auftritt Keyboard spielte, »das sieht nicht gut aus.«

Er meinte Silja, die mit schnellen, entschlossenen Schritten auf die Combo zukam. Ihr Gesichtsausdruck war verschlossen und entschieden. Auch die Violinistin wandte sich mit bedauernder Miene zu Ferdinand um.

Das war es dann wohl, dachte er.

Silja hatte den Blumentopf durch die Luft segeln sehen. Er hatte Ferdinand direkt an der Stirn getroffen und war dann zu Boden gepoltert. Blut trat aus der Wunde, doch Ferdinand spielte weiter, als hätte er es nicht bemerkt.

Sie stapfte über die Straße und nahm seine Hand. Silja sah auf das Blut und zog Ferdinand wortlos mit sich. Er schaffte es gerade noch, den Bass einem der anderen Musiker zu übergeben.

Es stimmte, sie sah sehr entschlossen aus. *Bringen wir es hinter uns,* dachte Ferdinand bekümmert. Er wischte sich mit der freien Hand über die Stirn. Was brannte da so?

Silja schob ihn in ihre Wohnung und stolperte selbst hinterher. Er fing sie mit einer Hand auf, als sie sich an ihm abstützte. Schnell löste sie sich aus der halben Umarmung und führte ihn ins Wohnzimmer, wo sie ihn in einen Sessel setzte.

»Ich hol' dir ein Pflaster.« sagte sie, kam aber zunächst mit einem nassen Waschlappen zurück, den sie Ferdinand in die Hand drückte.

Als nächstes brachte sie eine Box mit Verbandszeug. Sie setzte sich auf die Sessellehne, nahm ihm den Waschlappen ab und wischte ihm das Blut aus dem Gesicht. Dann klebte sie ihm ein Pflaster auf die Stirn. Er ließ alles mit sich geschehen, sah sie nur an.

»Du liebst mich.« sagte er, als sie die Klebeflächen feststrich. »Warum willst du mich nicht?«

»Ich liebe dich?« echote Silja in fragendem Ton und griff nach der Hand, mit der Ferdinand sich zuvor an die Stirn gefasst hatte.

Sie säuberte sie mit dem Waschlappen, erst war sie recht sachlich dabei, doch dann wurden ihre Bewegungen immer sanfter.

»Ich will dich. Ich brauche dich.« sagte sie mild zu seiner Hand. Dann blickte sie ihm in die Augen.

»Ich liebe dich.« sagte sie. »Und es tut mir leid, dass ich neulich so ein Theater gemacht habe, du weißt, als ich bei...«

Ferdinand umschloss sie mit seinen Armen und zog sie von der Sessellehne auf seinen Schoß. Er drückte sie an sich. Endlich! Endlich war sie sein! Er sah ihr in die Augen. Sie konnte doch sonst darin lesen.

»Wir werden es nicht leicht haben.« sagte sie.

Ihre Nasen berührten sich fast. Er blinzelte und dachte stärker daran. Endlich neigte sie sich das letzte Stückchen zu ihm und küsste ihn.

ISBN 978-3-7549-7416-2

9 783754 974162 00002

www.epubli.de